weissbooks.w

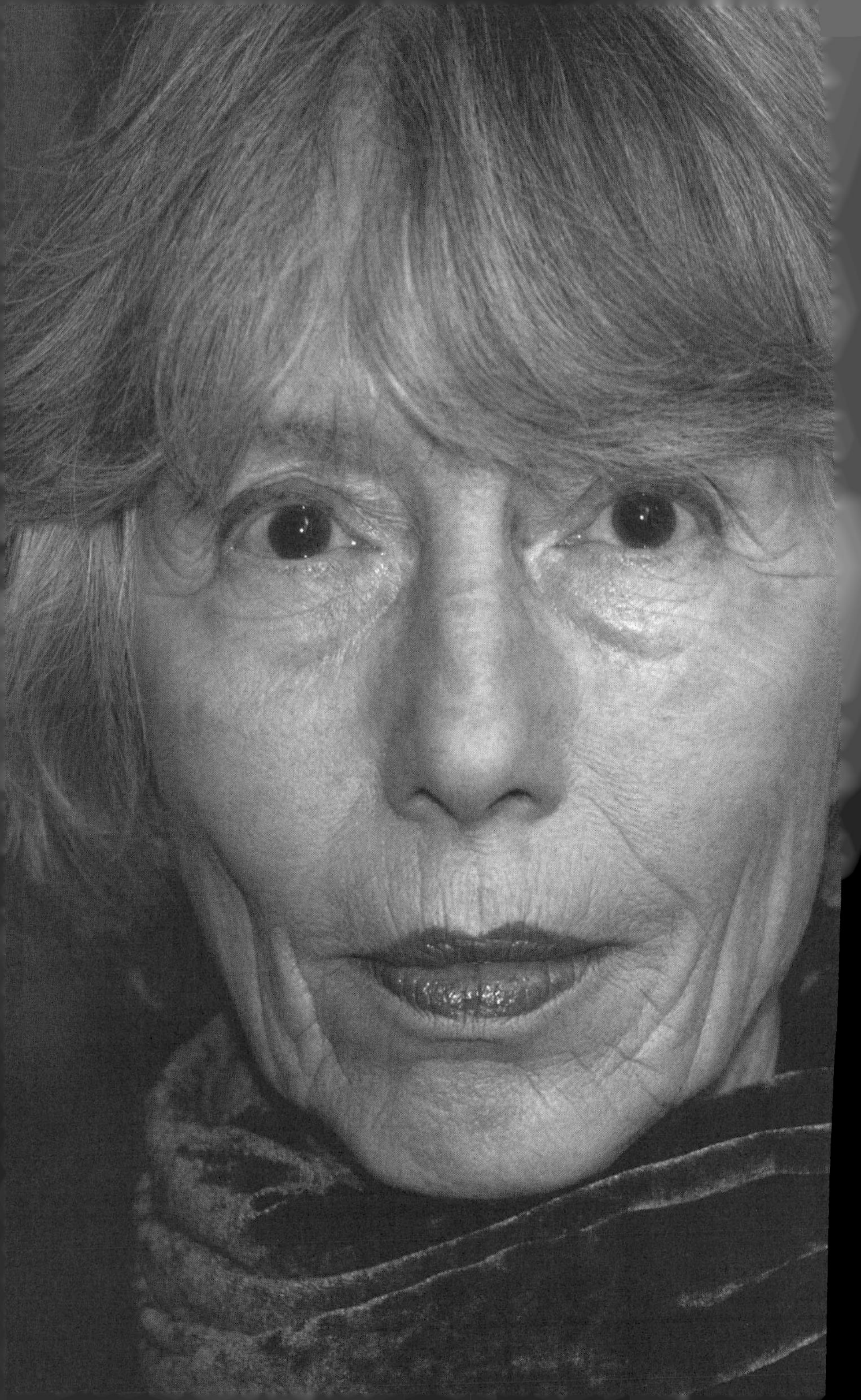

Karin Reschke
Kalter Hund
Roman

weissbooks.w

Kalter Hund

Für Erla

Man nehme Vater, Mutter, Kind, drehe sie durch den Wolf und heraus kommt ein Kalter Hund

Rapmund war ein Schuft.

Lissy, meine Mutter, hatte sich von ihm getrennt und geschieden bald nach dem Krieg. Die Gründe wurden mir verheimlicht. Er rückte zur Unperson auf in der Familie, sein Name durfte nicht genannt werden. Und wenn es doch passierte, hieß er nur der Schuft, der Betrüger, der Seelenmörder, verurteilt im Namen des Volkes.

Damals hätte ich gerne gewußt, welche Schuld er auf sich geladen hatte, in welchem Gefängnis er büßen mußte, warum Lissy so viel nach Rache schrie und in den Nächten heulte.

Natürlich schämte ich mich, einen Schuft zum Vater zu haben, und verleugnete ihn, sagte in der Schule, mein Vater ist nicht mehr, mein Vater hat sich in Luft aufgelöst. Nie hätte ich gesagt, weil er ein Schuft ist, sitzt er im Gefängnis.

Abgesehen davon, daß ich nicht wußte, was ein Schuft sein bedeutete. Mit einem Schuft als Vater wurde meine Kindheit verschattet, sagte ich später. Sein Name stand dennoch hinter mir, den konnte ich nicht verleugnen. Die Rächerin Lissy fand dabei keine Genugtuung, die Verurteilung tröstete sie in keiner Weise. Sie weinte und schrie lange, als hätte der Schuft ihr offene Wunden zugefügt, denn die Großmutter sagte, der Schuft habe Lissy in die Seele geschnitten mit einem Messer, und sie müsse deswegen für den Rest ihres Lebens bluten.

In meinen Nächten malte ich mir aus, wie er im Gefängnis saß bei Wasser und Brot. Die Sonne gab es nicht mehr für ihn hinter schwedischen Gardinen. Er liebte doch die Sonne so unbändig, warf sich in ihre Strahlen und an jedem Badestrand in die Fluten.

Er brachte mir das Schwimmen bei, das Tauchen. Er paßte auf, daß ich nicht über den großen Onkel ging, setzte meine Füße richtig und befahl mir, nur richtig zu gehen. Wochenlang korrigierte er meine Füße.

Wochenlang liefen wir durch die Straßen, nur Augen für die Füße. Denk an deine Füße, sagte er. Und ich dachte an meine Füße.

Er las auch mit mir, da ich noch nicht schreiben konnte. Jedes Wort in einem Buch zeigte er mir als ganzes, als ein Bild. Das Bild besteht aus Buchstaben, sagte er, die Buchstaben bilden Laute. Die Laute kann man lesend sprechen. Er las laut vor, ich las laut nach, mit den Fingern auf den Wörtern, die Augen oft auf seinem Mund. Er redete mir zugleich die linke Hand aus, mit der ich malte und die ersten Buchstaben auf die Schiefertafel schrieb. Rechts mußt du schreiben, sagte er. Wer links schreibt, ist nicht ganz richtig im Kopf, und du willst doch richtig sein im Kopf. Nimm den Griffel in die rechte Hand.

Auch das tat ich, ich nahm den Griffel in die rechte Hand, und es fiel mir schwer, ihn dort zu halten. Jedes Mal wieder wollte ich links schreiben, es schien mir so bequem, so leicht. Alle schrieben rechts, nur ich tanzte aus der Reihe. Also nahm ich die rechte Hand, quälte sie. Mein Kopf brummte, doch ich hielt das Brummen für richtig sein im Kopf.

So fragte ich mich durch, was ein Schuft sei. Erst Fräulein Altmann, die uns das ABC an die Schultafel schrieb. Sie war jung, unvoreingenommen und in meinen Augen damals die Kennerin aller bedeutsamen Wörter. Fräulein Altmann gehörte zu den beliebten Lehrerinnen, die sofort lachte, wenn man etwas von ihr wissen wollte. Sie sagte, ohne mit der Wimper zu zucken: Ein Schuft ist ein Lump, der andere reinlegt, also betrügt.

Und kommt man dafür ins Gefängnis, fragte ich gleich hinterher.

Kann passieren, sagte Fräulein Altmann. Bei einer schwerwiegenden Tat kann der Schuft angeklagt werden und sogar ins Gefängnis wandern.

Ich weiß nicht mehr, ob ich rot geworden bin bei dieser Antwort, und warum sie mich bewog, noch eine andere Stimme einzuholen.

Ich weiß nur noch, daß ich mehrere Autoritäten befragte, die nicht zur Familie gehörten.

Darunter Pater Eidens, meinen Religionslehrer, eine rheinische Frohnatur mit großem, gerecht schlagenden Herzen in seiner Brust. Er sagte: Ein Schuft kann ein ganz liebenswerter Lumpenhund sein, aber auch jemand, der gegen Gesetze verstößt, gegen Gottes Gebote und andere Menschen damit verletzt, sogar Herzen bricht. Großmutters Seelenmesser, ich sah es im Geiste vor mir. Die Frage nach dem Gefängnis erübrigte sich.

Selbstverständlich faßte ich allen Mut zusammen, um an Felicitas heranzukommen, Lissys beste Freundin aus ihrer gemeinsamen Schulzeit. Eine elegante Erscheinung in unseren vier Wänden. Sie trug Pelzmantel und Nylons. Ihr Mann, Mischa Jakob, spielte die erste Geige in einem Symphonieorchester, das überall in der Welt gastierte. Felicitas begleitete ihren Mischa auf fast allen Reisen, wir sahen sie oft wochenlang nicht. War sie zurück aus London oder Paris, besuchte sie als erstes Lissy, brachte ihr etwas von dem Duft mit, den sie unterwegs eingefangen hatte. In meiner Erinnerung roch sie nämlich immer blumig, ihr Pelz duftete, und sie ließ ihn so lässig von ihren Schultern gleiten, daß es manchmal aussah, als sei der Pelz noch lebendig, ein schwerer Silberfuchs ohne Kopf. Sie rauchte bei jedem Besuch Zigaretten in einer langen Spitze aus Ebenholz, und sie schlug die Knie übereinander, die Nylons knisterten, mich entzückte das Knistern ihrer Nylons jedes Mal.

Lissy und Felicitas saßen stundenlang im Klavierzimmer, man durfte sie nicht stören, höchstens eine Keksdose ins Zimmer bringen oder leere Teetassen heraustragen. Dann unterbrachen sie ihr Gespräch, und ich bekam nicht mit, worüber sie sprachen.

Lissy saß meistens wie Nippes im Sessel, ein Windstoß, und sie würde umkippen. Ich erinnere mich, daß Felicitas in der ersten Zeit nach der Trennung von Rapmund zu ihr sagte: Weinen steht dir, dein Gesicht wird ganz zart von den vielen Tränen.

Wer so spricht, dachte ich, den kann ich fragen. Und so brachte ich Felicitas nach einem Besuch zur Straßenbahn. Sie sollte mir den Schuft erklären. Wichtiger allerdings war mir in diesem Augenblick natürlich ihre Nähe. Ich konnte den Pelz ein wenig streicheln und den Duft, der von ihr ausging, in vollen Zügen einatmen. Felicitas sagte: Ein Schuft, Röschen, kann jeder werden, wenn er den Menschen Schmach und Leid zufügt. Dein Vater ist vielleicht ein Schuft, weil er nicht treu sein kann. Er liebt die Frauen, Lissy war nicht seine einzige, und sie konnte es ihm nicht nachsehen. Sie litt unter seiner Untreue, irgendwann war das Maß voll, Lissy ertrug seine Untreue nicht mehr, nannte ihn darum einen Betrüger, einen Schuft.

Sitzt er deswegen hinter schwedischen Gardinen?

Felicitas blieb stehen, fuhr mir mit dem Pelzärmel über das Gesicht und lachte: Wie kommst du denn darauf, Rose?

Wegen der Schuld und der Verurteilung, sagte ich.

Du liebe Güte, nein, er sitzt nicht. Er ist schuldig geschieden wegen Ehebruch, muß aber nicht ins Gefängnis. Ehebrecher müssen heutzutage nicht mehr ins Gefängnis. Sie werden verurteilt, die Schuld auf sich zu nehmen und zu zahlen. Sie müssen auch die Gerichtskosten tragen. Gefängnis, Rose, nein, nein.

Ich könnte ihn also jederzeit sehen und sprechen, sagte ich.

Ja, natürlich. Er ist ja nicht aus der Welt. Das wird Lissy nur nicht erlauben, so wie ich sie kenne. Felicitas schüttelte ihren gelockten Kopf. Sie ist seelisch am Boden und kann nicht klar denken. Nimm es ihr nicht übel, Rose, es kommen auch wieder andere Zeiten. Dann lachte sie laut und sagte: Du wirst schon deinen Weg zu ihm finden, davon bin ich überzeugt. Und sie sprang in die eben anhaltende Straßenbahn.

Rapmund befand sich in Freiheit, er konnte die Sonne sehen, mußte nicht darben bei Wasser und Brot. Erleichtert blickte ich damals der Straßenbahn nach. Ein Schuft durfte sich in der Freiheit bewegen, wie jeder andere, das Wort Schuft wog nicht schwerer als das Wort Luft. Mein Vater atmete die Luft, die auch ich atmete. Jederzeit könnte ich ihn also treffen, mußte mich seinetwegen nicht einmal mehr schämen, selbst wenn die Großeltern über ihn herzogen und Verbrecher zu ihm sagten und Lissy bei seiner Namensnennung jedes Mal in ein Wutgeheul ausbrach.

Wie und wo konnte ich den Verbrecher finden, den ich doch liebte und vermißte? Sie hatten ihn mir einfach per Gerichtsurteil weggenommen. Er mußte augenblicklich von der Bildfläche verschwinden, durfte sich nicht in unseren vier Wänden, die auch seine gewesen waren, blicken lassen. Sein Kind durfte er nicht sehen, so stand es im Urteil. Lissy betete jeden Tag das Urteil nach, und ich mußte es mir anhören. Alle hatten nur noch Augen für das Urteil. Die Familie paßte auf mich auf, als fürchtete sie, der Verbrecher könnte kommen und sich sein Kind holen. Großmutter brachte mich zur Schule, Großvater holte mich ab. Mal eben um die Ecke gehen, etwas anderes sehen als die karierte Tapete, kam nicht in Frage.

Lissy ging morgens angeblich schweren Herzens ins Büro und seufzte beim Nachhausekommen, weil sie ihr Kind allein lassen mußte in der Obhut der Großeltern, die es in ihrem Sinne umklammerten.

Es kamen Briefe von Rapmund an Lissy, die Großmutter allesamt verschwinden ließ. Die Radiosendungen, die er leitete, durfte ich nicht hören, auch nicht die alten von früher, die manchmal wiederholt wurden.

Großvater saß vor dem magischen Auge und bewachte den Apparat. Wehe, ich wäre hinter seinem Rücken an die Knöpfe gegangen und hätte sie gedrückt. Und zum Sender fahren, am Heidelberger Platz, vor dem Haus auf ihn warten, dazu hätte ich Großmutter austricksen müssen, außerdem wußte ich ja nie, wann er sich im Rundfunk aufhielt und wann nicht. Wir besaßen kein Telefon, ich wußte keine Adresse, und das magische Auge sah mich an, wie tot.

Lange Zeit herrschte Funkstille zwischen den gegnerischen Parteien. Wahrscheinlich kamen keine Briefe mehr von Rapmund, und die Sitten zu Haus lockerten sich ein wenig. Großmutter brachte mich nach einer gewissen Zeit nicht mehr zur Schule, ich wurde nicht abgeholt. Das magische Auge mußte nicht mehr bewacht werden. Lissy konservierte ihren Kummer in ihren Taschentüchern, die sie nachts vollweinte. Tagsüber redete sie immer öfter davon, was für eine Schande es sei, als geschiedene Frau ihr Dasein fristen zu müssen. Kein anderer Mann ihres Alters würde eine Geschiedene mit einem Kind auch nur von der Seite anschauen. Sie sagte wörtlich: In den Augen der Männer sehe ich aus wie eine Ledige mit einem

Bankert, und wer will schon mit einer Ledigen anbändeln, die einen Bankert am Hals hat?

Der Bankert hörte nicht hin und hörte es doch und schaute weg, wenn die Ledige ihr Gesicht wieder einmal malträtierte mit falschem Puder, dickem Lippenstift und zu viel Maiglöckchen hinter den Ohren. Lissy ging in klobigen Pumps mit kippelnden Absätzen, sie trug ein Pepitakostüm, jahrein, jahraus, das ihre Schneiderin, Frau Fischer, zusammengenäht hatte und das in der Taille versoff. Sie kaufte Mäntel bei Brenninkmeyer, und ihre Hüte ließ sie regelmäßig umkrempeln, dann sahen sie aus wie noch ältere Hüte.

Felicitas sagte: Lissy mag sich nicht, das muß sie jedem zeigen. Seht her, ich trage das Unglück mit mir herum, und wer es mir wegnehmen will, bekommt eine kalte Dusche. Lissys Antwort auf Felicitas' kleine Seitenhiebe lautete meistens: Ich brauche keine schicken Kleider, keine Pelze, ich gehe nirgendwohin, nur ins Büro. Und für meine Konzerte reicht das Kostüm. Im übrigen verdiene ich nicht so viel und muß für ein Kind sorgen.

Bis ein Brief von Rapmund, an mich adressiert, ankam. Großmutter zeigte ihn mir, händigte ihn jedoch nicht aus. Sie wedelte mit dem Brief vor meiner Nase und sagte mit bebender Stimme: Erst wenn deine Mutter aus dem Büro kommt, darfst du ihn in ihrem Beisein lesen. Die alte Wut auf den Verbrecher war wieder ausgebrochen. Der Brief ist für mich, sagte ich und wollte ihn ihr wegnehmen. Untersteh dich, rief sie und steckte ihn in ihre Schürzentasche. Als ich sagte, das ist Diebstahl, holte sie aus zu einer Ohrfeige, unter der ich mich wegduckte. Empört zog ich mich in meine Kammer zurück und wütete gegen das Bett. Dann wurde ich ganz ruhig, geradezu eisig und überlegte, was ich tun sollte. Keinesfalls wollte ich den

Brief unter Lissys Augen lesen, denn sie würde bestimmt ein langes Gesicht machen, in Tränen ausbrechen, vor sich hinschluchzen. Der Schuft, der Betrüger, er soll uns doch endlich in Ruhe lassen.

Ich wollte ihr die Gelegenheit zum Heulen versalzen, wollte den Brief nur hin und her wenden, mir den Absender einprägen, ihn auf den Tisch legen und sagen: Ich lese den Brief nicht, wenn du dabei sitzt, du kannst ihn meinetwegen zurückschicken.

Lissy nahm gerade feierlich ihren Platz ein im Sessel, der Brief lag vor ihr. Und es passierte genau das, was ich mir ausgemalt hatte. Tränen, Schluchzer, dann schob sie mir den Brief zu. Ihre nassen Augen wachten zusammengekniffen über jede meiner Regungen. Ich nahm den Brief und wäre am liebsten mit ihm aus dem Zimmer gerannt, besann mich aber, tastete ihn ab. Gefütterter Umschlag, Rapmunds Großbuchstaben, vorne wie hinten. Ich sagte mir den Absender vor, würdigte Lissy keines weiteren Blickes. Straße, Hausnummer, Bezirk, las den Absender nochmal und nochmal, drehte den Brief, befühlte ihn, mindestens 2 Seiten, legte ihn auf den Tisch, hörte Lissy aufseufzen, sah, wie sie ihre Augen mit den Händen bedeckte, die lackierten Fingernägel als blutende Tränen. Zum ersten Mal fühlte ich mich ihr gewachsen mit meinen 13 Jahren. Ich sagte den vorbereiteten Satz, schob den Brief an sie zurück und verließ das Klavierzimmer, verließ die Verratene, die Betrogene, Die Geschiedene, die Ledige mit dem Bankert. Hinter mir hörte ich ihren Aufschrei, und wie sie in Wut geriet und anfing den Brief zu zerreißen.

Das Klavierzimmer im Rücken, das Großelternzimmer, das verschlossene Zimmer, den Korridor und dann meine Kammer. Noch heute höre ich den Riegel, den ich immer vorschob, daß es krachte, und ich sehe mich ein Heft aus der Mappe greifen, den Bleistift anlecken, um Rapmunds Adresse auf einem Löschblatt zu notieren.

Endlich ein Zeichen, endlich eine Möglichkeit, an den Verbrecher heranzukommen, sagte ich später.

Ich schrieb eine Postkarte an Rapmund in die Hüningerstraße in Zehlendorf und teilte ihm mit, ich könne seinen Brief nicht beantworten, weil es ihn nicht mehr gebe. Ich schrieb, er sei verschwunden. Das Theater mit dem Zerreißen wollte ich mir ersparen. Rapmund sollte nicht unbedingt wissen, wie sich Lissy seit seiner Vertreibung aufführte. Möglicherweise war dieser Brief nicht der erste. Ich traute Lissy zu, daß sie Rapmunds Briefe an mich sang- und klanglos verschwinden ließ.

Jetzt war es so weit, jetzt wollte ich ihn sehen, ihn wiedersehen, wollte ihn sprechen, wollte mit ihm spazieren gehen, er war ein großer Spaziergänger und ein Erzähler von Häusern, Straßen, Kirchtürmen. Ich vermißte unsere Spaziergänge seit langem, und ich wollte endlich seine Stimme hören, den Klang, der tief aus seiner Brust kam und alles Dunkle leuchten ließ.

Lissys Leid war nur insofern mein Leid, als sie es auf mich übertrug, indem sie mir Rapmund entzog, sagte ich später. Mich hatte er weder betrogen, noch verraten, ich stand darum nicht automatisch auf ihrer Seite. Vielleicht erschrak ich damals, daß ich so dachte, schließlich lebte ich mit ihr und bei ihr per Gerichtsurteil und hatte die Pflicht, ihr Leid zu teilen. Ich bat Rapmund, mir postlagernd zu schreiben, ich käme nach der Schule ohnehin am Postamt vorbei. Zu Hause hätte ich gar nicht die Ruhe, seinen Brief zu lesen, vor lauter Aufruhr um den, der mich nicht erreichen konnte.

Als ich wenig später Rapmunds Brief in Händen hielt, kam ich mir erwachsen vor.

Der Horizont öffnete sich und heraus fielen 2 Blätter in Großbuchstaben, die wundervolle Anrede: Liebste Rose, und mir war, als hörte ich ihn aus seinem Brief sprechen. Der warme, runde Sprechgesang, den ich von klein auf an ihm liebte, der mich in den Schlaf hat sinken lassen früher beim Vorlesen aus Grimms Märchenbuch. Seine Stimme am Morgen aus dem Radio, wenn er zum Schluß seines Nachtdienstes ein Gedicht von Morgenstern las. Er schrieb, wir sollten zusammen nach Turkmenistan reisen, mit dem Finger über die Landkarte, oder mit der Bahn nur ins Grüne fahren, uns erzählen, was wir sehen, was wir dabei denken. Die Sorgen vergessen. Er schrieb: Der Mensch macht sich Sorgen, weil er sie anrichtet. Und schauen wir nachTurkmenistan, das weit weg liegt und uns fremd sein dürfte, so wissen wir doch, daß sich die Menschen auch dort Sorgen machen um ähnliche Dinge wie wir. Auf der ganzenWelt machen sich die Menschen Sorgen um den nächsten, das läge in ihrer Natur. Kummer und Sorgen sind Lebenselexiere, wie ihr Gegenteil, Freude und Glück. Aber von Freude und Glück reden die Menschen am wenigsten, als verstünde es sich von selbst, Freude und Glück zu besitzen.

Dann schrieb er noch, wann wir uns treffen. Er schlug einen gewöhnlichen Wochentag vor, einen Nachmittag zu einem Spaziergang rund um den Lietzensee.

Das erste Treffen verlief im Sande. Wir waren beide aufgeregt und in Zeitnot, fielen uns um den Hals auf dem S-Bahnhof Schmargendorf, der Lietzensee war weit. Mir stand eine Mathearbeit bevor, vor der mir graute, daran erinnere ich mich genau. Rapmund hatte einen Studiotermin übersehen, der ihm auf den Nägeln brannte. Nervös zappelten wir herum, immer die Uhr im Auge, als würde sie gleich explodieren. Schließlich setzten wir uns für Minuten auf eine Bank in den Durchzug der ein- und ausfahrenden Züge, das Räderrollen im Ohr, das Öffnen und Schließen der Abteiltüren, die Stimmen der Fahrgäste, ihre knallenden Schritte auf dem Bahnsteig, den Abfahrtspiff des Stationsschaffners. Wir konnten kaum miteinander sprechen. Wir konnten uns gerade mal verständigen über den falschen Zeitpunkt und uns vertrösten. Das nächste Mal planen wir besser, sagte er und steckte mir ein Päckchen in die Manteltasche. Es war so ein kalter Tag im Februar, ein ganz heller Tag, das Licht fiel wie ein Pfeil auf das mir vertraute Gesicht mit den lebhaften, schwarzen Augen, und seine Pianostimme, mit der er mich zu trösten suchte, hatte einen Kratzer.

Dann flog er aus dem Bahnhof, Rapmund lief sein Leben lang wie ein Vogel ohne Flügel, ich sah ihm nach von der Bank aus, wartete auf den nächsten Zug. Öffnete später das Päckchen mit einer gewissen Scheu, zögerte, die winzige Holzschachtel aufzumachen. Und dann kam der Goldring heraus, ein tropfengroßer Rubin von einer Blüte gefaßt. Ein Kärtchen dabei, Rapmunds Großbuchstaben sprangen mir ins Gesicht. Er schrieb: Mädchenring meiner Mutter Marie, den ich kürzlich wiederfand in einem Koffer mit ihren Erinnerungsstücken. Dein Rapmund.

Sofort zog ich den Ring an, er paßte, er kleidete mich aber nicht, was bestimmt am selbstgestrickten Pullover lag mit den ausgeleierten Ärmeln. Der Ring, klein und fein, nahm die Hand in Besitz, trennte sie ab vom Ärmel. So allein betrachtet, war der Ring zu zart für meine Aufmachung, eine zierliche Raute am Finger. Rapmund hatte mir früher einmal gesagt, ich wäre seiner Mutter Marie ähnlich. War das der Grund mir den Ring zu schenken? Ich hatte meine Großmutter Marie nie gesehen. Sie war schon lange tot. Was würde Lissy sagen, wenn sie den Ring sähe? Ich wollte es darauf ankommen lassen und steckte ihn nicht wieder in die Schachtel.

Lissy entdeckte ihn nicht an meinem Finger, obwohl sie immer so tat, als bekäme sie alles mit. Oder ihre Kurzsichtigkeit machte sie blind für Kleinigkeiten der besonderen Art. Ich trug den Ring dann mit meinen häßlichen Pullovern, und niemand nahm Notiz von ihm.

Der Name Rapmund, mein Nachname, hatte sich zwischendurch abgenutzt. Das Unglück hieß jetzt Büro, Achtstundentag und mehr. Es hieß, Doppelbelastung, Haushaltssorgen, ein Kind in der Schule, keine Zeit für die schönen Dinge des Lebens. Hatte sich Lissy die schönen Dinge des Lebens nicht selbst abgewöhnt? Ihr Klavier, ihre Konzertbesuche. Ungesellig, wie ein alter Hausdrachen, erfüllte sie sich die Prophezeiung vom Dasein fristen, in die Tretmühle steigen und am Abend zum Umfallen müde in den Sessel fallen. Ihre schlechte Laune war ihr zur Gewohnheit geworden, da konnte keine Felicitas ein wenig Sonne aus der weiten Welt mitbringen. Auch die bittersüßen Kusinen aus Lichterfelde, Käthe und Mia, die manchmal an verschlafenen Sonntagen hereinschneiten mit ihren Kuchen, brachten ihr selten rosige Wolken ins Haus. Zerbrechlich und trübsinnig hockte sie bei einem Glas Wein, das Großvater nur spendierte, wenn Besuch kam, und bedauerte sich selbst. Wäre Felicitas nicht so munter gewesen, sie setzte sich ans Klavier, spielte ein bißchen Chopin, hätte Lissy einpacken können, um sich von der Erdoberfläche zu verabschieden. Felicitas‘ Chopin lockte sie aber aus ihrer Verdunkelung hervor. Sie setzte sich seufzend neben die Freundin, ließ die Finger über die Tasten gleiten, lautlos suchend, bevor sie den ersten Ton fand. Vierhändig spielten die beiden dann ein Stück aus ihrer Jugend. Sie nannten es den Doppelwalzer von Michael Glinka, den sie einstmals am Lyceum in Beuthen einstudiert hatten. Danach sackte Lissy wieder in sich zusammen, die Hände auf den schwarzen Tasten, einen Mollakkord anschlagend, Schluß der Vorstellung. Der Klavierdeckel klappte zu.

Deine Mutter hat ein Schlingpflanzenherz, sagte Felicitas, es umgarnt sich selbst und zieht sie hinab. Damals offenbarte mir Felicitas auf dem Weg zur Straßenbahn Lissys größtes Geheimnis. Ich will, daß du es weißt, Rose, sagte sie. Aber du mußt mir versprechen, es für dich zu behalten, kein Wort zu den Großeltern, überhaupt zu niemandem ein Wort. Es ist Lissys Staatsgeheimnis, ich glaube, ich bin die einzige, die davon weiß. Ich möchte es dir anvertrauen, dann verstehst du Lissys Stimmungen vielleicht besser, oder kannst darüber hinwegsehen. Sie lächelte mir verschwörerisch zu. Natürlich versprach ich zu schweigen wie ein Grab, schon um Felicitas nicht zu enttäuschen.

Deine Mutter, Rose, geht nicht jeden Tag an den Fehrbelliner Platz in ihr sogenanntes Büro, sagte sie. Sie fährt jeden Morgen in den Osten nach Adlershof und arbeitet als Sprecherin für die Wochenschau *Der Augenzeuge*. Sie hält es vor deinen Großeltern geheim, vor ihren Kusinen und natürlich vor dir, aus Rücksicht auf mögliche Verwicklungen. Deine Großeltern hassen die Russen und wollen nichts mit dem Osten zu tun haben. Sie würden es nicht verkraften, wüßten sie, wo und für wen ihre Tochter täglich den Kopf hinhält. Deine Mutter, fuhr Felicitas fort, war früher Programmsprecherin und Hörspielerin am Sender Breslau. Da haben sich deine Eltern kennengelernt. Sie mit ihrer dunklen Stimme, wie Samt, und er, dein Vater mit seiner Kopfstimme, hell wie der lichte Tag.

Stimmlich wie Tag und Nacht und darum so reizvoll anzuhören. Als Paar waren sie in der Zeit ein Herz und eine Seele, Rose. Das macht deiner Mutter immer noch zu schaffen, das frühere Glück und das jetzige Pech. Nach deiner Geburt unterbrach Lissy ihre Tätigkeit und nahm sie nicht wieder auf, bis vor einigen Monaten das Angebot aus Adlershof kam. Sie konnte einfach nicht nein sagen, denn sie liebt ihren Beruf und für Büroarbeit ist sie so geeignet wie ein edles Reitpferd für den Feldkarren. Die Politik interessiert sie wenig, die geteilte Stadt nimmt sie hin als vorübergehende Nachwirkung des Krieges. Wir leben auf einem Flickenteppich, sagt sie, daran hat auch die Blockade nichts geändert. Solange nicht geschossen wird und die Züge hin und her fahren, solange will sie für den *Augenzeugen* da sein. Etwas schlimmeres als die Scheidung könne ihr nicht mehr passieren. Warum nicht im Osten arbeiten, sagt sie sich und nimmt sogar das Ostgeld in kauf, als wäre es die teuerste Währung der Welt. Eines Tages hofft sie auf den Wechsel zum Funk, denn da ist sie zu Hause. Der Funk, das Mikrofon ist ihr Metier. Du solltest sie einmal hören, Rose.

Wie hätte ich sie hören können? Felicitas enthüllte mir damals eine Lissy, die ich nicht kannte. Das Ost-Westgeplänkel machte mir nicht viel aus, ich fuhr ja selbst in den Osten, allerdings aus ganz anderen Gründen. Ich wollte S-Bahn fahren, in der Bank sitzen, durchgeschüttelt werden und dabei dicke Romane lesen. Wie oft fuhr ich von West nach Ost, ohne einen Unterschied zu bemerken. Unser Bahnhof Heerstraße lag im Westen, und im Osten, tief im Osten, in Königs Wusterhausen, stieg ich aus, sah mich um, kaufte mir am Kiosk ein Wassereis für 10 Pfennig und fuhr zurück. Mein Buch war mir auf diesen Reisen wichtiger als der ewig gleiche Anblick von Zerstörung in Ost und West. Vertieft in meine russischen Romane, nahm ich die Welt da draußen gar nicht wahr. Vor den Russen, deren Bücher ich verschlang, fürchtete ich mich im Gegensatz zu den Großeltern nicht. Das Neue an Felicitas' Erzählung über Lissy war ihr Beruf. Mit dem Weggang von Rapmund wurde ganz offensichtlich Lissys Beruf totgeschwiegen, sagte ich später. Kein Mensch redete von ihrem Beruf, von ihrer Stimme. Lissy und das Büro hatten sich in meinem Kopf festgesetzt wie ein ehernes Gesetz, obwohl ich nicht wußte, was Lissy in ihrem Büro zu tun hatte. Ich sah sie an einem Klapperkasten sitzen und Briefe schreiben, ahnte nicht, daß sie weder die Schreibmaschine noch Stenografie beherrschte. Sie konnte sprechen, sie konnte fehlerlos vom Blatt lesen, sie besaß angeblich eine Stimme wie Samt, und nichts davon hatte ich je bemerkt.

Lissys Müdigkeit deckte alles zu. Mein neues Wissen änderte nichts daran, daß sie morgens müde und maulfaul das Haus verließ und am Abend müde und stimmlos wieder heimkam. Ohne ein Wort fiel sie in ihren Sessel beim Klavier, blätterte in Zeitschriften oder manikürte sich die Nägel. Zweidreimal in der Woche fragte sie mich die schulischen Dinge ab, ließ sich gelegentlich meine Hefte zeigen, unterschrieb schlechte Noten, hielt mir Vorträge, ermahnte mich, verbat sich jede Widerrede und sank in ihre Mattigkeit zurück.

Eingeweiht in ihr Geheimnis, suchte ich nach dem Samt in ihrer Stimme, lauschte ihren wenigen Worten, ihren Seufzern. Aber ich hörte nicht, was ich hören wollte. Nach Ostberlin fahren ins Kino, eine Wochenschau ansehen und Lissys Stimme heraushören, auf die Idee kam ich damals nicht. Meine Reisen in den Osten unternahm ich ausschließlich, wenn ich der Schule fernbleiben wollte.

Wir saßen in Rapmunds Büro an einem unserer Spätnachmittage, niemand wußte, daß ich zu ihm ins Funkhaus fuhr. Den Großeltern hatte ich irgendeinen Bären aufgebunden, Freundinnen ins Feld geführt, die es gar nicht gab.

Der Wind jaulte vor den Fenstern, daran erinnere ich mich gut, und ich rieche noch die Papiere, Bücher, sogenannte Sendepläne, die Rapmund umgaben. Das Büro erschien mir damals karg, es hingen keine Bilder an der Wand, nur ein altes Standmikrofon aus dem Krieg zierte den kahlen Raum. Ein Andenken an Mars und Memel im großdeutschen Reich, sagte er. Es baumelte an einem Draht, und der kreisrunde Stahlbügel über dem Tonkopf sah aus wie ein Heiligenschein. Das Ding warf einen übergroßen Schatten an die Wand, als sich die Sonne im Fenster blicken ließ. So war es zweimal da, wuchs aus sich heraus und wurde immer länger.

Das Mikrofon stammt aus Breslau, Rose. Ich habe es seinerzeit 1942 selbst abgebaut, sagte Rapmund. Es stand in einer Werkhalle im Industrieviertel in der nördlichen Innenstadt. Hunderte Arbeiter und Angestellte hatten Platz in der Halle. Sie wurden damals auf den Krieg gegen Russland eingeschworen. Vom Bürgermeister Breslaus, einem vornehmen braunen Herrn, dem Direktor der Fabrik, ebenfalls bei dem Verein, und einem hochrangigen General der Wehrmacht, der den Vormarsch der Deutschen in den Osten begründete. Hitler hatte den Pakt mit Stalin, Russland nicht anzugreifen, zuvor gebrochen. Im Reichssender wurden alle Vorbereitungen getroffen, die Reden auszustrahlen. Der Bürgermeister hatte die Idee, die Veranstaltung in einem Werk mit möglichst vielen Zuhörern öffentlich zu machen, um den Schein zu wahren und so zu tun, als sei der Wille des Volkes die alles entscheidende Kraft. Das Werk im Norden mit der riesigen Versammlungshalle bot sich für diese Zwecke an. Viele Mitarbeiter des Senders mußten die technischen Voraussetzungen für die Übertragung der Reden schaffen. Techniker, Toningenieure wurden in die Halle abkommandiert, Geräte, Mikrofone und alles, was dazu gehört, mußten sorgfältig installiert werden. Das Personal des Senders wurde verpflichtet, der Veranstaltung beizuwohnen, wie die Mitarbeiter des Werkes. Mir fiel die Rolle der Ansage zu, weil die Hörer meine Stimme aus zahllosen Sendungen kannten. Ich durfte mich der Anordnung nicht widersetzen. Staatsaufgaben waren Pflicht für jeden im Reich. Auch ohne Parteibuch gehörte man dazu. Für politische Propaganda war ich allerdings nicht zuständig. Mein Ressort, die sogenannten schönen Künste, Theater, Hörspiel, Literatur waren im Laufe der Kriegsjahre die Stiefkinder des Radios geworden, gerade darum mußte ich mich der Anweisung von oben fügen und die Redner für das Publikum in der Werkhalle und zu Hause an den Lautsprechern einführen. Der Propagandafeldzug brachte den gewünschten Erfolg. Eine überwältigende Zustimmung folgte den Reden, die Halle erbebte unter dem Applaus und den Hurrarufen. Stunden später stand dieses Mikrofon, das du da an der Wand siehst, Rose, stumm und verwaist auf seinem Podest, die Techniker hatten es zurückgelassen. Ob absichtlich oder unabsichtlich, schwer zu sagen. Jedenfalls baute ich es ab und nahm es mit nach Haus. Ich kann dir gar nicht mehr sagen, warum ich es mit nach Haus nahm, es war wie ein Reflex, ein Sog, ich wollte es mitnehmen und sonst nichts. Zu Haus stellte ich es in der Besenkammer ab. Und seither begleitet es mich. Deine Mutter wollte es in Breslau zurücklassen, als wir 44 die Stadt verlassen mußten, um dem Untergang in Berlin beizuwohnen.

Ich hätte es mir nicht an die Wand gehängt, sagte ich. Es wirkt bedrohlich, könnte herunterfallen und dich erschlagen.

Rapmund lachte: Keine Sorge, Kind, das Ding fällt nicht. Da müßte schon die Wand einstürzen. Das Mikrofon ist für mich zum Zeugen geworden, ein stummer Zeuge, ein Bild, das über dem Boden schwebt, auf dem es einmal stand.

Der Schatten an der Wand hatte sich verzogen, das Mikrofon hing jetzt selbst im Schatten. Rapmund zündete sich eine Zigarette an, blies den Rauch in Richtung des Mikrofons, so daß ich mir einbildete, es verschwinde gänzlich, und dann sah ich es auch nicht mehr.

Später wurde die Geschichte vom Breslauer Mikrofon im Radio gesendet. Rapmund erzählte sie, wie er sie mir erzählt hatte, noch ausführlicher und gespickt mit Tonaufzeichnungen von damals, die etwas von der Atmosphäre in dieser Jahrthunderthalle in Breslau hören ließen. Der Chor der Begeisterung für den Krieg erstickte Rapmunds Stimme, minutenlang rauschte es aus dem Kasten, dann brach es ab. Rapmund kam wieder zu Wort, aber mir kam es vor, als flüsterte er nur noch. Seine Worte verloren ihre Kraft.

Der Rapmund, den ich kannte, wurde zum Schweigen gebracht und mußte die reden lassen, die damals in Breslau das Sagen hatten. Dieser Mann, mein Vater, der in Breslau vor dem Standmikrofon verstummte, hatte mir beigebracht, daß die Stimme des Menschen ein Instrument sei: Pauke, Piano, Flöte, Sirene. Das Mikrofon hebt die Eigenschaften des Sprechers und seine Stimmlagen hervor, es kommt aber darauf an, die Eigenschaften seines Instruments zu stimmen, wie man eine Geige stimmt, ehe man mit seinem Instrument vor das Mikrofon tritt, sagte er.

Ich mochte das Mikrofon an der Wand in Rapmunds Büro nicht mehr anschauen. Weg damit, sagte ich.

Halt, halt, rief Rapmund, das Ding kann doch nichts dafür, daß die Sirenen im Krieg aufheulten und Bomben fielen. Das Ding ist ein Symbol, meine ganz persönliche Niederlage, Rose, es schlägt nicht mehr zurück, es erinnert nur an die Schläge.

Felicitas hatte einmal zu mir gesagt, du hast einen alten Vater, Rose, er könnte dein Großvater sein. So wie er vor mir saß und rauchte und dann weg wollte in ein Café, merkte ich nichts von seinem Alter. Großväter benahmen sich nicht annähernd so sprühend, waren nicht annähernd so flink auf den Beinen. Er stürmte immer los. Ihr Vater ist von der schnellen Truppe, pflegte der Pförtner im Funkhaus zu sagen. Eben ist er die Treppen hoch gerannt, er hätte genauso gut den Fahrstuhl nehmen können. Er war ein Läufer, der nur innehalten konnte, wenn er ein Mikrofon sah oder an seinem Schreibtisch saß. Er muß Lissy oft davon gelaufen sein, so wie er mir davonlief.

Rapmund war der geborene Wegläufer, das sah ich schon ganz früh, schon als Kind und später erst recht. Ein Fluchttier, wie das Eichhörnchen, wie die Pferde. Im Café am Rüdesheimer Platz, in der Nähe des Funkhauses, wußte ich gleich, daß er es nicht lange auf dem Plüschsessel aushalten würde. Er mußte so oft woanders hin, um schnell wieder weglaufen zu können. Der Gedanke an sein Alter strich vorbei wie der Rauch seiner Zigarette. Wieder steckte er mir ein Päckchen in die Manteltasche und verschwand in die einfahrende U-Bahn nach Dahlem. Das Päckchen, diesmal in Zeitungspapier eingewickelt, enthielt ein Buch: Das Tagebuch der Anne Frank. Ich schlug es während der Fahrt auf, blätterte in den Seiten, las mich fest. So etwas hatte ich noch nicht gelesen. Ich war fast 15 und geriet in Rapmunds und Lissys Zeit, die auch die

Zeit der damals 13jährigen Anne Frank war in ihrem Versteck. Gefangen von der Angst vor Entdeckung, schuf sie sich eine eigene Welt – Eintritt verboten – ihr Tagebuch, Ihre Welt.

Amsterdam war damals für mich ein Landkartenname wie Turkmenistan. Das Versteck der Familie Frank im Hinterhaus an der Prinsengracht war mehr als ein Name. Das Versteck im Hinterhaus tat sich vor mir auf, eine Schachtel, so eng, daß sich die vier Personen, Vater, Mutter, Anne und ihre ältere Schwester Margot, niemals aus dem Weg gehen konnten.

Ich sah natürlich auch gleich das Standmikrofon aus dieser Zeit an der Wand in Rapmunds Büro. Ich wußte nichts aus dieser Zeit, darüber wurde zu Haus nicht gesprochen. Anne Frank aus Amsterdam erzählte sie mir.

Ich war fast 15, als ich mir ihre Zeit erzählen ließ.

Zwischen ihren Eintragungen und meiner Lesezeit lagen die Jahre des Krieges, der Verfolgung und Vernichtung von Menschen überall in Europa.

Damals plapperte ich nach, was ich da und dort aufschnappte über diese Jahre. Das Wort Jude kannte ich nur aus dem Alten Testament, Menschen wie du und ich vor 2000 Jahren. 2000 Jahre später erzählte mir Anne Frank, daß sie sich vor den Deutschen verstecken mußte, weil sie Jüdin war. Ahnungslos zog sie mich in ihre Zeit und in ihr Versteck, in dem es wenigstens einen Menschen gab, den sie heiß und innig liebte. Peter im Dachboden. Ich erinnere mich sehr genau, daß ich nicht schlafen konnte nach der Lektüre ihres Tagebuches. Ich wurde ihre Gefangene für lange Zeit.

Mister Feuervogel, 2 Klassen über mir und 2 Jahre älter als ich, teilte mein Versteck. Ich brauchte damals ein Versteck, eine Erweiterung meiner Kammer, um den Großeltern wenigstens stundenweise entkommen zu können. Unsere Wohnung war zwar geräumig, aber im Laufe der Jahre drängten sich ganze Völkerscharen durch unsere Zimmer, wir waren belagert von Freunden, Bekannten aus der guten alten Zeit in Breslau, Beuthen, Kattowitz. Mir waren die Leute, die uns heimsuchten, völlig fremd. Lissys Tochter wurde bestaunt wie ein Weltwunder, dabei gab es gar nichts zu staunen, ich staunte ja auch nicht über all die vielen Gesichter und Namen, die durch den Korridor schwirrten. Breslau, Beuthen, Kattowitz, Namen von der Landkarte. Finger drauf und wieder weg. Ich suchte dringend ein Ausweichquartier, meine Kammer bot mir keinen Schutz mehr vor so viel Erstaunen.

In dem verlassenen Kellerraum in unserer Nachbarschaft an der Badenallee roch es nach Maschinenöl und Benzin, gelegentlich nach verbranntem Gummi. Die Gerüche störten mich nicht. Der Kellerraum war verlassen, besaß ein kleines Fenster, war sauber ausgefegt, und man konnte den Verschlag schliessen. Hier würde mich kein Breslauer oder Kattowitzer finden, abgesehen davon, daß die Großeltern mein Verschwinden gar nicht bemerkten, vielleicht sogar dankbar waren, wenn sie für Stunden das allgemeine Erstaunen über Lissys Tochter nicht teilen mußten.

Ich hatte mir Kisten beschafft und sie mit alten Wehrmachtsdecken aus Großmutters Bestand in Hocker verwandelt. Eine Kiste hieß Tisch, ich schmückte den Tisch mit meinen Büchern, stellte Stearinkerzen auf, um lesen zu können.

Im Keller wohnte die Stille. Nebenan gab es eine Garage, die nicht benutzt wurde. Durch diese Garage gelangte man in mein Versteck. Das Versteck war auch aus anderen Gründen wichtig geworden, es diente als Lager für Waren, die Mister Feuervogel unter die Leute brachte. Als ich es ausgekundschaftet hatte, wurde Mister Feuervogel ganz wild vor Freude, besichtigte es, klopfte die Wände ab, als lauerten dahinter Spione, brachte noch mehr Kisten und sicherte den Verschlag.

Wir kannten uns vom Sehen auf dem Schulhof in den Pausen. Ich konnte seinen Blicken nicht ausweichen, und er wollte mir nicht ausweichen. Wir redeten nur das Nötigste miteinander, das andere kam von selbst. Nach dem Unterricht trafen wir uns wie alte Bekannte, verdrückten uns in die Seitenstrassen, unsere Hände ineinander verhakt. Seine blauen Augen tauchten aus der Polarnacht auf, fingen meinen Tieflandblick ein, den Rapmund mir angedichtet hatte. Und das reichte für die Zärtlichkeiten des Augenblicks. Nasenküsse, Ohrenbisse.

Mister Feuervogel stand in keinem guten Ruf. Er handelte mit Zigaretten, Schnaps, Gerätschaften, die er von irgendwoher organisiert hatte. Alles, was er im Keller verstaute, kam aus dunklen Kanälen. Stangenweise schleppte er Zigaretten an, amerikanische, englische. Er verschacherte elektrische Lockenstäbe, Kofferradios, Kartons mit Luftballons und kistenweise Whisky. Wagenladungen von Whiskyflaschen. In der Schule war er deswegen umstritten, obwohl er mit jedem und jeder Handel trieb. Auch mit den Lehrern, allerdings nur im geheimen, also außerhalb der Schule. Niemand traute ihm über den Weg, und dennoch zählte er zu den Besten. Ihm flog das Wissen zu, er glänzte in den meisten Fächern. Er mußte sich schon anstrengen, um einmal eine schlechte Note zu kassieren. Mathematik war sein Lieblingsfach, gefolgt von Physik und Biologie. Seine Aufsätze ließen nichts zu wünschen übrig, dabei las er kaum, weil ihm die Zeit fehlte. Balladen und Gedichte gingen ihm trotzdem von den Lippen, als hätte er sie alle verschluckt. Er sagte, er sähe sie sich an, wie er sich einen Film ansähe, den er hinterher auch Szene für Szene nacherzählen könne.

Sein Vater wurde von den Russen erschossen beim Einmarsch der Iwans in der Zeit, die nicht die unsere war. Angeblich soll sein Vater ein hohes Tier gewesen sein im Tausendjährigen Reich. Über seinen Vater verlor er nie ein Wort. Er wuchs bei seinem Onkel Fritz auf, der einen Schreibwarenladen in der Uhlandstraße besaß, darum brachte er mir öfter Bleistifte und Kanzleipapier mit.

Er besuchte mich im Keller, schleppte seine Beute hinter sich her und machte sie sofort unsichtbar. Seine Händlernatur hatte ihm ein flüssiges Englisch beigebracht, auch im Französischen konnte er sich vor allen anderen in seiner Klasse behaupten. Das Abitur sah er als Klacks an, und danach wollte er ganz groß in Geschäfte einsteigen. Oder auch studieren, vielleicht auswandern. Im Keller streifte er seine Händlernatur ab. Seine Zähne bissen in meine Zunge, bissen in mein Ohr. Er zog mir den Pullover aus, die Hosen, Hemd, Höschen, Strümpfe. Er trommelte mit den Fäusten auf meinen Bauch, auf die Kisten, riß sich seine Kleider vom Leib, drückte mich an sich, drückte mich an die kalte Wand, griff zwischen meine Beine, biß in meine Brüste. Es tat weh und gefiel mir. Wir fingen an zu tanzen, er stampfte einen Rhythmus mit den Füßen und stemmte mich in die Luft. Wir schraubten uns ineinander und wieder auseinander. Er war erhitzt und rot im Gesicht, doch wollte er nicht in mich eindringen.

Mister Feuervogel sagte: Das hebst du dir auf für die große Liebe, die übermorgen kommt. Er sagte es ironisch und meinte es ernst. Seine Hand führte meine Hand, und seine Eichel explodierte in meiner Hand. Wir standen umarmt in der Kälte, verschmolzen, faßten uns an, wieder und wieder, starrten uns an und hörten wieder auf. Ermattet hingen wir danach in unseren Kleidern, als gehörten sie uns nicht mehr. Ein vorletzter Biß ins Ohr, ein letzter in die Zunge. Die halbe Zigarette, die er mir anbot, nahm ich sportlich. Er rauchte 2 und roch nach ganzer Schachtel. Dann zog er einen Flachmann aus seiner Jackentasche. Whisky, sagte er. Du auch? Er schraubte den Deckel ab, reichte mir die Flasche. Ich roch daran und gab sie ihm zurück. Er nahm einen Schluck, pustete mir ins Gesicht. Zum Abschied ließ er eine Tafel Schokolade auf meinem Büchertisch zurück. Cadbury, zartbitter, blaues Papier. Blau, wie seine Augen. Du bist das Reh in der Wüste, flüsterte er mir ins Ohr und verließ den Keller.

Mister Feuervogel spielte das Spiel, aber er ließ nicht mit sich spielen. Die schönen Mädchen im Hof, die ihm große Augen machten, sah er nicht an. Er verkaufte ihnen Zigaretten und ließ sie stehen. Unsere Filmschönheit, Miss Esther Williams, schnappte einmal nach seiner Hand beim Kauf von 2 Zigaretten. Er drehte ihr den Arm um, was ihrem Selbstbewußtsein einen Stich versetzte. Seine Unnahbarkeit reizte die weibliche Hälfte landauf, landab, er war für ihre Reize offenbar nicht empfänglich. Für sein Spiel in meinem Keller hatte er sich keine Schönheit gesucht, ich konnte unserer Esther Williams nicht das Wasser reichen. Allerdings unternahm ich nie den Versuch, ihn für mich zu gewinnen. Im Gegenteil, ich wollte ihm aus dem Weg gehen. Es gelang mir nur nicht.

Ich mochte seine Bisse, den gierigen Schmerz im Bauch und zwischen den Beinen. Mister Feuervogel war der erste, vor dem ich mich nackt nicht schämte. Dabei genierte ich mich ständig. Beim Sport, beim Schwimmen und während der Reihenuntersuchungen. Ich machte nicht gern den Mund auf beim Zahnarzt, wollte meine Zunge nicht zeigen. Feuervogel biß mir solange in die Zunge, bis alle Scham verschmerzt war.

Natürlich kam er viel öfter in den Keller, als ich es mir später eingestehen wollte. Wir führten unsere Tänze auf. Oder wir saßen auf den Kisten, Kopf an Kopf, wie siamesische Zwillinge, manchmal ewig, manchmal nur ganz kurz. Dann wollte er wieder weg. Er jagte. Er sagte, er sei Jäger, mehr wollte er nicht sein. Denken und Handeln dienten ausschließlich seiner Jagd nach Erfolg und Reichtum. Er behauptete, genug Geld erbeutet zu haben, um sich einen Cadillac kaufen zu können. Aber ein Cadillac interessiere ihn nicht. Im selben Atemzug sagte er: Du riechst gut, du hast schon immer gut gerochen, und du redest kein dummes Zeug.

Ich forderte ihn auf, sich nackt auszuziehen. Er sollte vor mir stehen im kalten Keller, im Kerzenschein als Mister Cadillac. Er lachte, zog sich aus, eilig, als wollte er schnell die Kleider wechseln. Ich nahm Bleistift und Papier, um ihn zu skizzieren. Verblüfft starrte er auf das Blatt, auf meine flinken Striche. So etwas kannst du, sagte er, und so siehst du mich. Getroffen, scharf, Rose Rapmund. Er war dünn, sehnig, schmale Schultern, knabenhafte Beine. Seine Hände paßten nicht zu seinen schlanken Armen, ebenso die Füße. Sie waren zu groß, zu massig. Vielleicht steckte in ihm etwas ganz anderes.

Wenn er wieder verschwand mit seinem schweren Matchsack, vermißte ich ihn, doch ich träumte nicht von ihm und malte mir auch sonst nichts aus. Er war da oder er war nicht da, dazwischen hatte ich es nur mit seinen Schätzen zu tun, die ich nicht anrührte.

Ungefähr nach einem halben Jahr, ich war 16 geworden, erkannte ich meinen Keller nicht wieder. Die Kisten standen gestapelt an der Wand, die Wehrmachtsdecken lagen zusammengefaltet auf der obersten Kiste. Das Warenlager war verschwunden. Bücher und Kerzen bildeten einen Haufen in der Ecke. Werkzeug war in den Keller gezogen, Autoreifen türmten sich. Benzinkanister in allen Größen machten den Keller wieder zu dem, was er eigentlich war, Teil der Garage. Kurz danach sah ich den dicken Nitsche mit seinem Opel in die Garage fahren. Nitsche besaß einen Süßwarenstand auf dem Markt an der Preußenallee und betrieb einen Kiosk in der Nähe unseres Gymnasiums. Dort gab es Zigaretten, die er auch einzeln an Schüler verkaufte, Coca-Cola, Schnellhefter, Kugelschreiber, Radiergummi und einiges unter dem Ladentisch. Heftchen mit nackten Frauen für unsere Bubis. Nitsche war zu Geld gekommen, die Garage und der Keller wurden zu seinem Lager. Ich überließ ihm die Kisten, die Decken und fühlte mich obdachlos.

Mister Feuervogel grinste mir auf dem Schulhof zu, auch er hatte die Aufkündigung unseres Unterschlupfes zur Kenntnis genommen und rechtzeitig seine Schätze beiseite geschafft.

Wir trafen uns ein paar mal im Lagerraum seines Onkels hinter dem Papierwarenladen an der Uhlandstraße unter einer trüben Funzel. Zwischen uns Kartons über Kartons, die uns kaum Bewegungsmöglichkeiten erlaubten. Wir standen beieinander wie Flüchtlinge aus verschiedenen Ländern und fielen uns in die Arme auf fremdem Gebiet.

Dann kam er nicht mehr zur Schule. Es wurde gemunkelt, er säße im Gefängnis. Ich nahm allen Mut zusammen, besuchte seinen Onkel Fritz im Geschäft, fragte nach ihm. Onkel Fritz erklärte mir strahlend, Mister Feuervogel sei nach Amerika gegangen. Ich glaubte ihm nicht. Die Zeichnung, die ich von ihm angefertigt hatte, versteckte ich in einer Mappe, legte die Mappe unter die Matratze in meiner Kammer.

Damals war das Wort Liebe in meinen Augen der große Papiertiger, dem die Wirklichkeit nichts anhaben konnte. Lissy hatte es aus ihrem Wortschatz getilgt, von Rapmund hörte ich es nie. Und was in der Schule über Liebe gesagt wurde, hallte nicht nach in meinen Ohren. Darum liebte ich Feuervogel mitnichten, weinte ihm keine Träne hinterher. Auch wenn die Tage und Wochen nach seinem Verschwinden wie nicht gelebt verstrichen. Leere Tage vor vollen Büchern, in denen es vor Geständnissen wimmelte. Der Papiertiger schlug nicht zu, ich konnte ihn seelenruhig beobachten, weil er mich im Grunde nichts anging. Ich besaß ja ein Andenken an Mister Feuervogel. Aus seiner Beute hatte er mir ein Kofferradio überlassen, das ich mir unter den Arm klemmen konnte und schließlich in meine Kammer ins Bett setzte, unter das Kopfkissen, damit Großmutter es nicht gleich entdeckte und überflüssige Fragen stellte. Sein Kofferradio ersetzte den Flüchtigen, ich drückte den Knopf, fuhr die Antenne aus, Kissenlautstärke, und horchte nachts in die Welt hinaus. Rapmunds Sendungen kamen mir manchmal zu Ohren, doch ich schlief so oft darüber ein, und wenn ich nicht einschlief, versenkte mich seine Stimme in einen luftleeren Raum, ihre Helligkeit strahlte weniger als früher, ein verhaltener Ton und eine trockene Redeweise drangen an mein Ohr. Verse von eigentümlicher Intensität, schwierige Verse. Ich konnte sie kaum verstehen. Eine Lebensgeschichte wurde berichtet, die zu den Versen zu passen schien. Rapmund erzählte aus dem Leben eines Dichters, der schwierige Verse schrieb und den man im Tausendjährigen Reich in den Untergang getrieben hatte. Ich kannte den Namen Jochen Klepper nicht. Seine Bücher standen nicht bei uns zu Haus. Lissy las nie Bücher, sie bevorzugte Zeitschriften mit vielen Bildern. Jochen Klepper gehörte eher in Rapmunds

Büro, Verse von solcher Last konnten nicht eingängig sein wie Morgensterngedichte. Jochen Kleppers Lebenswege kamen als Erschütterung aus dem Lautsprecher.

Ich wollte damals weinen über Jochen Kleppers Schicksal in schlimmer Zeit, konnte es aber nicht. Meine Augen blieben trocken, als müßten sie das Gehörte in aller Schärfe sehen. Nur sah man nachts nichts, und was ich mir unter Jochen Klepper vorstellte, war dann bloß sein Name, die äußeren Umstände seines Rückzugs aus dem Leben. Er zog sich mit seiner Familie zurück, verschloß seine Wohnungstür für immer. Seine Frau war Jüdin. Er, der Nichtjude, sollte sie auf Geheiß der damaligen Kulturoberen verlassen. Er tat es nicht, er blieb bei ihr und brachte sich mit ihr um. Auch das gemeinsame Kind nahmen die Kleppers mit in den Tod. Die Stimme Rapmunds war nicht nur ein Instrument, das täglich gestimmt werden mußte, sie wurde das Schicksal selbst, von dem sie sprach. Ich erinnere mich nicht mehr, was ich danach tat oder dachte, ich erinnere mich allerdings, daß ich Lissy von Rapmunds Sendung erzählte, gleich am nächsten Tag. Aber Lissy war wie immer nicht gut auf Rapmund zu sprechen und wurde flammend rot, als ich nur seinen Namen nannte.

Dein Vater hat eine Gabe, sich in anderer Leute Angelegenheiten hineinzudrängen, sagte sie. Hinter den Kulissen wühlen, Dreck ans Licht zerren, das ist seine Stärke.

Das Buch Jochen Kleppers *Der Vater* ging damals von Hand zu Hand, sagte ich, und wurde unter der Hand weiter gereicht.

Nein, rief Lissy aus. Das stimmt nicht. Diese Dinge gräbt dein Vater jetzt aus. Wir wußten nichts von einem Jochen Klepper in Breslau, und sein Buch habe ich nie gesehen. Niemand von uns hat eine Ahnung gehabt, was sich ringsum abspielte in jenen Jahren. Auch dein Vater nicht. Diese Dinge passierten nicht vor aller Augen, wie dein Vater es jetzt behauptet. Von solchen Schicksalen wußten nur ganz wenige, und die mußten schweigen, wenn ihnen ihr Leben lieb war. Dein Vater war schon immer ein Querulant, ein Besserwisser auf allen Gebieten. Schwierigkeiten waren ihm das liebste, er forderte sie geradezu heraus mit seinem Benehmen. Er legte sich mit allen und jedem an, nur weil ihm damals die Richtung nicht paßte. Die Kollegen in der Partei waren für ihn allesamt Pack, sie verstanden in seinen Augen nichts von seinem Theater, seine Gedichte konnte nur er sprechen und niemand sonst.

Lissy blickte düster auf ihre lackierten Nägel. Jetzt ist er fein raus, sagte sie, macht sich wichtig, trägt seine weiße Weste vor sich her, schleicht sich in anderer Leute Schicksale, schmiert seinen Senf dazu, und das Fräulein Tochter fällt darauf herein. Begreife endlich, daß ich nichts von deinem Vater hören will und es auch nicht gut heiße, daß du ihn triffst. Aber was ich sage, interessiert dich ja nicht, du machst sowieso, was du willst, ganz wie dein Herr Vater, also laß mich aus dem Spiel.

Natürlich traf ich Rapmund, nichts konnte mich von unseren Treffen abbringen. Lissy hatte ihr Geheimnis, sie war ein Augenzeuge auf der anderen Seite, ich hatte mein halbes Geheimnis und alles Recht dieser Welt es zu behalten. Wir trafen uns auf zugigen Bahnhöfen, rannten kreuz und quer durch die Stadt, fielen in die Wildnis an der Krummen Lanke ein. In der Krummen Lanke liegt ein britisches Flugzeug begraben, sagte Rapmund, mit seinem Piloten und dem Funker. Es stürzte vom Himmel in den letzten Kriegstagen und konnte später nicht geborgen werden. Der See ist tief und morastig, so ein schwerer Flugkörper versinkt darin wie ein Stein oder wie ein großer Schatz, von dem man sich später erzählen wird, er hat Unheil gebracht. Wir liefen damals zu der Stelle, wo man das Flugzeug auf dem Grund vermutete. Nichts war zu sehen, außer einem dicht bewachsenen Ufer, an den das Wasser schlug, vom Wind getrieben, von der Sonne beschienen. Einmal im Sommer landeten wir auf der Fischerinsel, einem Gewirr von Gassen und Gäßchen, Durchhäusern, Gewerbehöfen und engen Kopfsteinstraßen. Das Muster der guten alten Zeit war noch an den Planquadraten zu erkennen. Anstelle des Rapmundschen Elternhauses in der Fischerstraße ragte eine Ziegelpyramide aus den unverwüstlichen Kopfsteinen. Manche verwitterte Fassade stand noch, manches Gewerbe konnte man oberhalb der Durchgänge in den Gemäuern erkennen.

Den Schuhmacher Kersting, eine eingestürzte Tischlerei ohne Namen. Einige zusammengeflickte Häuser, notdürftig gestützt von Balken und Baugerüsten waren stehengeblieben, wie auf einem Bein. Rapmund las die Namen im bröckelnden Putz, zuckte mit den Schultern. Alles dahin, sagte er. Erzähl mir etwas Erfreuliches, Rosekind. Erfreuliches?

Wie ein Blitz tauchte Mister Feuervogel auf, grinste mich an und machte sich wieder aus dem Staub. Nein, nein, die Zeit stand nicht still, Feuervogel war weit, Erfreuliches kam mir gar nicht in den Sinn. Der kleine Hajo Jung kam mir in den Sinn, Tertianer durch und durch, und ein Angeber mit affigem Getue. Hajo Jung wollte mir seinen Siegelring schenken, schweres Silber, wenn er mich küssen dürfte, sagte ich. Das ist vielleicht erfreulich, wenn man so etwas mag, aber ich mochte nicht.

Es war letzte Weihnachten auf dem Adventsrummel am S-Bahnhof Witzleben. Hajo Jung stand plötzlich vor mir, neben kreischenden Klassenkameradinnen, die in die Geisterbahn einfahren wollten. Er sah mich an, hielt mir seinen Siegelring unter die Nase und sagte: Einen Kuß, Rose, einen echten Kuß, und der Ring ist deiner. Seine Habichtaugen ließen nicht von mir ab, er drehte den Ring an seinem Finger. Einen Kuß, Rose, sagte er wieder. Ein protziges Geschenk für so etwas Leichtes, vielleicht Inniges und auch Flüchtiges. Ich hätte den kleinen Angeber am liebsten umgerannt. Weil sich das nicht schickte, drehte ich ihm den Rücken zu und ging weg. Vergaß ihn 3 Tage, 3 Nächte. Am 4. Tag wurde in der Schule bekannt, Hajo Jung habe sich auf dem Dachboden zu Haus erhängt, den Siegelring am Finger. Der Ring stammte von seinem Vater.

Maja, seine Schwester, die in meine Klasse geht, flüsterte mir auf dem Schulhof, Hajo wollte seinem Vater, der aus Rußland zurückgekommen war, beweisen, daß er ein Mann sei und diese schnöde Welt verlassen könne, wie ein Held.

Unsere Lehrer schwiegen sich aus, sagte ich, Gedenkminuten und Innehalten waren das einzige Mittel, Hajo, wie er es sich gewünscht hätte, in den Mittelpunkt zu rücken für eine ganze halbe Stunde. Dann wurde er wirklich vergessen, unerkannt vergessen, auch von seiner Schwester Maja. Vielleicht hatte sie ihn sogar gehaßt wegen seiner Angeberei, vielleicht machte ihr sein Selbstmord nichts aus, obwohl sie dann später einsilbig wurde, mit niemandem mehr in der Schule sprach und wenige Monate danach von der Bildfläche verschwand. Es hieß, sie sei mit ihren Eltern weggezogen.

Der Krieg und seine Folgen werden uns noch lange zu schaffen machen, sagte Rapmund. Niemand ist darauf gefaßt, daß so etwas geschehen könnte. Ein kleiner Angeber, sagst du. Sein Vater kam gerade aus Rußland zurück, aus der Gefangenschaft, nicht wahr? Da verbietet sich jedes Heldentum. Das wird Hajo nicht verkraftet haben, einen geschwächten Vater.

Ich denke nicht oft an ihn, sagte ich, und wenn ich an ihn denke, dann an die Sache mit dem Kuß und mit dem Erhängen. Hajo bedeutete mir nichts, aber ich wollte natürlich nicht, daß er sich umbringt.

Ein vorzeitiger und gewaltsamer Tod macht Menschen unsterblich für die Erinnerung, du wirst noch lange an ihn denken müssen, Rose, auch wenn du ihn nicht mochtest. Ich war nicht auf seiner Beerdigung, sagte ich, weil ich nicht an ihn denken wollte, doch vor allem wollte ich den Vater von ihm nicht sehen und die weinende Mutter, unsere Lehrer mit dunkler Miene, und Maja mit ihrem spitzen Mündchen.

Rapmund bot mir plötzlich eine Zigarette an, gab mir Feuer, ich mußte sie rauchen und paffte. Ein besonderes Ereignis, ein klarer Sieg über das Kindsein. Es konnte nicht ausbleiben, daß ich wieder an Mister Feuervogel dachte, irgendwo in Amerika oder im Gefängnis, oder in Amerika und im Gefängnis. Beides gefiel mir besser, als ich dachte, und ich rauchte diese erste Zigarette in Erinnerung an die halbe im Keller und sah ihn vor mir, skizziert, ein Bild, das den kleinen Hajo Jung in den Schatten stellte.

Lissy Rapmund, geborene Hase, hatte mit sich selbst so viel zu tun. Sie brach sich den Arm, als sie eines Februarmorgens bei Eiseskälte in ein Auto hineinlief. Sie lag vergipst im Oscar-Helene-Heim, und als sie wieder nach Haus kam, ruhte Hajo Jung schon unter der Erde, war die Elternkonferenz in dieser Angelegenheit ausgestanden, redete kein Mensch mehr von dem armen Helden am Strick.

Lissy hatte sich bei allem Dilemma auf der Straße einen Verehrer angelacht. Raimund Hoge, groß, stattlich, riesige Pranken, die Lissy fürs erste mühelos durch die Gefahren auf den Straßen manövrierten. Der Mann war Pfleger im Oscar-Helene-Heim, er mußte sich in sie verliebt haben, als sie auf der Station lag mit ihrem prächtigen Gips und der Welt die Schuld gab an ihrem Unfall. Ihre Kurzsichtigkeit wollte sie nicht gelten lassen, das Auto sei in sie hineingefahren, behauptete sie. Tatsächlich aber war sie in das Auto hineingerannt. Zeugen hatten es bestätigt. Die Zeugen galten in ihren Augen nichts. Der Fahrer des Autos war schuld. Der Fahrer des Autos hieß Raimund Hoge. Er hatte die gestürzte und schreiende Lissy auf der Stelle und in rasender Geschwindigkeit ins Oscar-Helene-Heim gebracht. Er fühlte sich für sie verantwortlich und schwieg höflich, was die Schuldfrage betraf.

Lissys Hofstaat lag ihr ebenfalls zu Füßen. Die bittersüßen Kusinen, Käthe und Mia, kamen aus Lichterfelde angereist, um das Unfallopfer zu bedauern. Felicitas lachte fröhlich: Den Krieg heil überstanden, rief sie aus, die Scheidung ausgefochten, die Karambolage auf den Arm genommen, was willst du mehr, Lissy?

Natürlich lachte Lissy nicht. Scherze auf ihre Kosten kamen bei ihr nicht gut an. Daß sie Felicitas nicht böse war für den ironischen Schlenker, gehörte zu den Prämissen ihrer Freundschaft.

Die Großeltern hielten sich bedeckt mit Kommentaren. Einzig Großmutter machte 3 Kreuze, weil Lissy immerhin einen Schutzengel an ihrer Seite hatte. Raimund Hoge. Ihn sahen wir dann öfter in der Badenallee.

Wann immer er dienstfrei hatte, kam er angefahren mit seinem Auto, um nach Lissy zu sehen. Er brachte ihr Pralinen, Zeitschriften, machte ihr den Hof, sie erduldete es. Ob sie seine Avancen auch belohnte? Einmal sah ich, wie Hoge ihre Fingerspitzen küßte, die aus dem Gips herausschauten. Gottlob war es der linke Arm und nicht der rechte. So ging sie nach einigen Tagen wieder ins Büro mit einem sogenannten Gehgips. Hoge wollte sie hinfahren, denn das Büro lag ja auf seinem Weg ins Oscar-Helene-Heim, doch sie lehnte ab. So viel war sicher, ihre tägliche Reise nach Adlershof hielt sie nach wie vor geheim.

Hoges Besuche bewirkten dennoch einiges. Sie gab ihre häßlichen Kleider weg, mottete die alten Hüte ein in diverse Hutschachteln, die sie auf dem Schrank im Klavierzimmer auftürmte. Als der Gips abgenommen werden sollte, ließ sie sich von Raimund ins Krankenhaus fahren und wieder zurück. Ihr Arm war so dünn geworden, darum schickte sie mich zu unserem Familiendoktor Schievelbein in die Königin-Elisabeth-Straße. Er mußte kommen, ihren Arm begutachten, weil sie den Spezialisten im Oscar-Helene-Heim mißtraute. Schievelbein konnte sie einigermaßen beruhigen. Das wird wieder ein richtiger Arm, sagte er, sie solle ihn ein wenig trainieren, damit die Muskulatur sich erhole vom Nichtstun. Sie gab sich enttäuscht, weil Schievelbein das selbe sagte wie die Spezialisten. Vielleicht wäre es ihr damals lieber gewesen ihr Ärmchen zu behalten, noch ein Grund weiter zu jammern. Sie sagte, an ihrer Wiege hätte das Unglück Pate gestanden, sie sei der geborene Pechvogel, daran könne auch ein Raimund nichts ändern. Glück im Unglück zähle für sie nicht.

Wenn sie mit Raimund ausging am Wochenende, entschuldigte sie sich bei den Großeltern und sagte: Er hat ein schlechtes Gewissen, weil er mich angefahren hat, darum muß er mir gefällig sein.

Großmutter sah das anders. Er ist verliebt in dich, sagte sie, nimm das doch mal zur Kenntnis.

Lissy lachte: Unmöglich, ich bin viel zu alt für ihn.

Seit wann spielt der Altersunterschied für dich eine Rolle? Großmutter schob sich die Perspektive zurecht, was Lissy mit einem mürrischen Blick beantwortete. Als ich sagte, Raimund habe so treue Augen, bekam sie einen Lachkoller. Treue Augen, was du alles siehst. Ihr wollt mich wohl mit den treuen Augen verkuppeln, resümierte sie, daraus wird nichts. Dann ging sie zu ihrer Verabredung, gestärkt und gepudert, aber vor allem besser angezogen als je zuvor.

Seit Raimund bei uns ein- und ausging, wurde selbst Großmutter gesprächiger. Beim Abwaschen fielen manchmal Sätze wie: Dein Vater hat uns aus Beuthen herausgeholt 44, bevor die Russen kamen. Ohne Rapmunds Hilfe wären wir den Russen in die Hände gefallen. Dein Großvater würde bestimmt nicht mehr leben, ihn hätten sie gleich an die Wand gestellt, denn er war Geschäftsführer der Laurahütte, also ein Erzkapitalist.

Großmutter blickte ein wenig verlegen ins Spülbecken, häufte Teller auf Teller oder gab sie mir pitschnaß in die Hand.

Wir haben es ihm nie vergolten, fuhr sie fort. Es kam nicht so weit. Das andere hat seine gute Tat zugedeckt, diese schrecklichen Szenen zwischen deinen Eltern, Rose. Sie sah mich mit ihren grauen Augen an, ein kurzes Aufflackern, das schnell wieder erlosch. Er kam damals im Spätsommer 44 auf abenteuerlichen Wegen zu uns, sagte sie, er berichtete vom Vormarsch der Russen. Sie standen schon an der Weichsel vor Warschau, es war allerhöchste Zeit. Wir wollten es erst nicht glauben, sollten alles im Stich lassen, das Haus, den Hausstand, alles, Rose. Von heut auf jetzt. Er sagte, wir sollten alles stehen und liegen lassen. Alles stehen und liegen lassen, wiederholte sie. Dein Vater war gekommen, Rose, um uns vor dem Schlimmsten zu bewahren. Er hat die Mühen der Reise auf sich genommen, wir hatten keine Wahl. Großmutter sah mich an. So nach und nach kommt das alles in mir wieder hoch. Auch den Zuzug nach Berlin hat dein Vater für uns eingefädelt. Die Wohnung gefunden, Lebensmittelkarten beschafft.

Sie ließ das Wasser aus dem Becken, trocknete sich die Hände. Warum erzähle ich dir das alles, Rose? Weil es mir keine Ruhe läßt und weil ich dich bitten möchte, deinem Vater meinen Dank auszurichten. Ich weiß ja, daß du ihn triffst, ich weiß es seit langem.

Sie legte ihre Hand auf meinen Arm. An deiner Mutter hat er sich versündigt, das ist unwiderruflich, sagte sie. Doch deinen Großvater und mich hat er vor dem Untergang bewahrt. Das eine hat mit dem anderen nichts zu tun, fügte sie streng hinzu, und ich werde immer auf der Seite deiner Mutter stehen. Sie setzte sich auf den Hocker beim Herd, legte die Hände in den Schoß. Und noch etwas, Rose, die Sache bleibt unter uns, kein Wort zu deiner Mutter und erst recht keines zum Großvater. Er ist ganz und gar anderer Meinung, er läßt an deinem Vater kein gutes Haar. In seinen Augen wiegt Lissys Unglück schwerer als alle guten Taten deines Vaters zusammen.

Auch sonntags saß Raimund bei Lissy im Klavierzimmer. Sie wollten nicht gestört werden bis zum Mittagessen. Großmutter servierte das Essen in der Küche. Es waren Sonntage voller Erwartung, denn die Großeltern schauten bedeutungsvoll auf ihre Teller. Lissy sah meistens frisch aus, ein zartes Rouge auf den Wangen, das Haar ein wenig wirr in der Stirn. Raimund, schon fast zu Haus und nicht mehr so schüchtern, legte dann und wann seine Pranke auf Lissys Ärmchen, das wieder hübsch geworden war im Laufe der Zeit.

Er suchte ihren Blick. Geredet wurde nur in Gesten. Die Worte waren beliebig. Ernste Anliegen kamen nicht zur Sprache. Raimund Hoge war Junggeselle, hatte keine Eltern mehr, keine Geschwister, er schätzte sich glücklich, in die Familie aufgenommen zu werden. Mit mir hatte er es leicht, denn ich mochte seine treuen Augen. Es gab den allsonntäglichen Braten, den Großvater zerlegte. Eines Tages würde ihn Raimund zerlegen.

Nach und nach rückte Rapmund seine Schwester Betty Hansmann heraus, als hätte er sie Jahrzehnte in seinem Ärmel versteckt gehalten. Außer den Namen seiner Mutter Marie hatte ich nie von Familienangehörigen aus seinem Lager gehört. Betty Hansmann war ein paar Jahre jünger als er und wohnte am Hohenzollerndamm. Er überraschte mich bei einem unserer Treffen mit der Nachricht, Betty würde mich gern kennenlernen. Rapmund sagte: Ich sehe Betty selten, wir sind nicht die besten Freunde. Vor 2 Jahren hat sie ihren Mann Fritz verloren, seitdem ruft sie mich öfter an. Früher haben wir uns gar nicht verstanden, ich mochte ihre Klatschsucht nicht, ihr schnippisches Wesen, ging ihr lieber aus dem Weg. Sie will unbedingt nach Potsdam mit uns fahren in Fritzens altem Auto, allein mag sie nicht, wahrscheinlich langweilt sie sich mit sich selbst.

Betty las uns am Hohenzollerndamm auf, wo wir an der Bordsteinkante standen, wie verabredet, und jedem vorbeifahrenden Benz zuwinkten, ehe der richtige anhielt. Eine gelenkige, zierliche Person stieg aus dem Auto, kam auf mich zu, nahm meine beiden Hände, musterte mich kurz und sagte mit rundem A und O: Noch so ein Herzchen aus Rapmunds Wigwam. Dann schloß sie mich in die Arme und nuschelte mir ins Ohr: Riechst gut, Kindchen, wie der Mais auf den Feldern von Alabama. Es muß im Sommer gewesen sein, ich hatte noch nie Mais gesehen und wußte natürlich nicht,wie er riecht. Rapmund begrüßte sie nonchalant mit einem Luftkuß und befahl ihm barsch, auf der Rückbank Platz zu nehmen. Mich setzte sie an ihre Seite, drückte Knöpfe, drehte den Zündschlüssel, und der Benz schnaufte los.

Kennst du dich dich aus, Herzchen, wenn ja, sag deiner alten Tante, wie sie fahren muß. Sie nickte mir lachend zu, machte große Augen, und ich sah, wie dunkel sie waren, Rapmunds

Augen, meine auch. Ich schüttelte den Kopf. Ich kenne mich nicht aus, sagte ich.

Betty fuhr in gleichmäßigem Tempo den Hohenzollerndamm entlang. Rapmund sagte ihr von hinten, wie sie fahren müsse.

Ich kenne mich aus und weiß den Weg trotzdem nicht, witzelte sie. Allein würde ich mich bestimmt verirren. Man braucht eben doch ab und zu männlichen Beistand, nicht wahr, alter Seifensieder?

Früher ist immer mein Fritzchen gefahren, jetzt muß ich es tun, und dann stehe ich mit einem Mal im Wald. Sie lachte unbekümmert, wandte sich an Rapmund mit der Bemerkung: Meinst du, wir können über die Brücke fahren?

Natürlich kommen wir über die Brücke, es sei denn, die Russen lassen uns nicht durch.

Ach, du lieber Gott, an die Russen habe ich ja gar nicht gedacht. Potsdam und die Russen wollen mir partout nicht in den Kopf. Ich war Jahre nicht in Potsdam, Fritzchen wollte nach dem Krieg nicht mehr. Dabei liebe ich es so, vor allem den süßen Pomonatempel auf dem Pfingstberg, eine Köstlichkeit fürs Auge. In meinen jüngeren Jahren habe ich ihn getuscht, gezeichnet, Herzchen. Wie mag er jetzt aussehen nach so langer Zeit?

Er steht noch, sagte Rapmund, aber sein Glanz ist hin. Nichts glänzt mehr wie früher, Betty.

Betty trat auf die Bremse. Du enttäuschst mich, Rapmund, rief sie. Was sollen wir denn jetzt machen?

Weiterfahren, Betty. Du hast uns eingeladen nach Potsdam, also fahren wir. Am besten, du redest erst wieder, wenn wir nicht mehr fahren.

Rapmund lächelte gut gelaunt, er saß hinten sehr bequem und schien die Fahrt zu genießen. Seine Hand lag oft auf meiner Schulter oder er zeigte auf die Landschaft, die nach nichts aussah. Es waren die Parks von Glienicke und Babelsberg, struppiges Gelände, die Schlösser kaum zu sehen. Der Krieg hat auch die Parks nicht verschont, sagte er.

Wasser blinkte vor der Windschutzscheibe. Die Havel war immer noch die Havel. Betty brummte wie der Benz und sagte: Das sieht nicht gut aus, Rapmund, auf der Brücke steht Militär. Betty fuhr langsam auf die Glienicker Brücke zu. 2 Uniformierte winkten uns im Schrittempo durch. Russen und Volkspolizei, sagte Rapmund.

Betty kurbelte ihr Seitenfenster herunter, sah die Uniformierten an, die nur immer winkten. Wir kriegen freie Fahrt, Rapmund, und ich dachte, wir müssen uns jetzt ausziehen bis aufs Hemd.

Vielleicht beim nächsten Mal, sagte Rapmund.

Der Benz rumpelte über die schadhafte Brücke. Das Ortsschild stand wie ein Sieb, die Buchstaben konnte man nur erraten. Löcher in den Straßen, zerbombte Häuser, alles grau, auch der Himmel zeigte sich beschädigt. Kaum Menschen unterwegs. Ein Sommertag ohne Menschen auf der Straße konnte kein Sommertag sein. An der nächsten Kreuzung fuhr Betty rechts, die Straße verengte sich, wurde ein Bauloch. Rapmund sagte nichts. Betty fuhr dann geradeaus.

Den nächsten linken Abzweig Richtung Sans Souci durften wir nicht nehmen. Ein Schlagbaum lag quer über der Straße. Den übernächsten mußten wir ebenfalls links liegen lassen. Einmal hielt Betty den Wagen an und fragte einen älteren Mann, der die Straße kehrte, nach dem Weg zum Pfingstberg. Gesperrt, sagte der Alte, ist alles gesperrt, der Park, die Schlösser.

Die Sonne schien wie durch graues Trostpflaster. Die Straßen öffneten sich zu Schlaglöchern. Villen mit hohen Kaminen und Leuchttürmen ragten aus den aufgerissenen Straßen, als seien sie schwankende Schiffe auf dem Trockenen. Ab und zu blinkte die Havel. Kasernen lösten die Villen ab. An den Strassenrändern stand Militär. Mannschaften einfacher Soldaten mit zu großen Mützen mühten sich um einen Panzer. Betty wurde einsilbig. Rapmund sagte: Das ist der Geist von Potsdam. Die Russen blickten uns nach. Der Geist von Potsdam war immer schon ein militärischer, fügte er hinzu.

Alles gesperrt, wiederholte Betty, wir sind umsonst gefahren.

Solange die Erinnerung lebt, Betty, und der gute Wille, solange leben die Orte, auch als Wracks, tröstete sie die helle Stimme aus dem Fond.

Betty sagte: Unverbesserlicher Optimist.

Wir fuhren über Fahrland, Sacrow, Gatow, Kladow zurück in den Westen. Betty hielt irgendwann auf der Heerstraße plötzlich an und sagte: Du spendierst uns jetzt eine Apfelbrause, alter Seifensieder, sonst fahre ich uns gegen den Baum.

Am Scholzplatz tranken wir Apfelbrause. So ein Kiosk weckt doch mehr Heimatgefühle als ein Russenpanzer, sagte Betty und lachte. Die Russen sind Spielverderber. Spielst du Schach, Herzchen?

Nein. Ich schüttelte den Kopf.

Dachte ich mir, Rosanna. Dein Vater mag dieses Spiel nicht. Aber wenn du Lust hast, besuch mich am Roseneck, dann spielen wir Räuberschach.

Rapmund sagte: Du suchst nur ein neues Opfer, Betty, mit sich selbst spielen macht wenig Spaß, nicht wahr? Betty stellte das leere Glas ab: Schach spielen hat noch niemandem geschadet, alter Seifensieder. Halt dich da raus.

Rapmund legte den Arm um mich und sagte mit gespieltem Ernst. Betty legt dich aufs Kreuz, Rose, da hast du keine Chance, mein Kind. Überleg es dir gut, ob du deine Zeit dafür opfern willst.

Es ist ein Spiel, Rose, ein Brettspiel und kein Krieg. Rapmund tut so, als wollte ich Krieg gegen dich führen. Besuch mich trotzdem, wir werden ja sehen, was wir mit unserer Zeit anfangen.

Tante wollte Betty nicht von mir hören. Das Wort Tante paßt nicht recht zu mir, sagte sie, abgesehen vom verwandtschaftlichen, wiegt es viel zu schwer. Eine Tante muß im Korsett gehen, ihr Haar im Nacken knoten und Gesundheitsschuhe tragen.

So ungefähr sahen Lissys Kusinen Käthe und Mia aus, meine Tanten der ersten Stunde. Sie hielten mich im Arm bei der Taufe in Sankt Marien in Breslau, und sie gaben mir angeblich das Fläschchen, wenn ich es Lissy verweigerte. Sie hatten mir ein Foto gezeigt, auf dem sie in Gesundheitsschuhen vor dem Kirchenportal standen, den Säugling im Arm mit Taufkleidchen und Myrthengebinde. Ihre altjüngferliche Besorgtheit, sie waren ledig geblieben, packte mich stets in Watte und stopfte mich voll. Sie übersahen dabei, daß ich älter wurde und kein Fläschchen mehr benötigte, und ihr schlesisches Himmelreich, das sie mir jedes Mal aufdrängten, wenn ich sie in Lichterfelde besuchte, kam mir schon zu den Ohren heraus.

Für Betty war ich natürlich nicht das ewige Wickelkind vom Taufbecken, für Betty war ich die ferne Nichte, ein fremdes Ding in ihrer großen Wohnung am Roseneck, die sie mit ihrer Katze Schnee teilte. Schnee machte keine Anstalten mich kennenzulernen. Sie räkelte sich betont gelangweilt auf ihrem Sofa, nahm keinerlei Notiz von mir, als ich in die Kissen sank, während Betty gegenüber in einem tiefen Sessel Platz nahm.

Mit den Tanten in Lichterfelde kannte ich mich aus. Ich wußte, was sie von mir erwarteten, und ich bewegte mich in ihrem Hochpaterre, wie ich mich in der Badenallee bewegte. Wir waren eingespielt aufeinander, ein Wort gab das andere, ich spielte lange das kleine Mädchen, um allen mir unliebsamen Nachfragen aus dem Weg zu gehen. Auf Bettys Sofa saß ich weder kindlich noch erwachsen, ich saß wie bestellt und nicht abgeholt, mir fehlten die Worte. Es war nicht selbstverständlich für mich, bei einer wildfremden Tante in Kissen zu versinken. Eine Behaglichkeit, die ich nicht gewöhnt war. Ich war es nicht gewöhnt, von schönen Möbeln umgeben zu sein. In der Badenallee gab es keine schönen Möbel. Wir wohnten in zusammengesuchtem Möblement von Dachböden, aus Kellern und Ruinen. Nur das Klavier war etwas Besseres, es stammte von Felicitas, ein Geschenk an Lissy aus den letzten Kriegstagen.

Geschliffene Gläser, in denen Sherry gereicht wurde, hatte ich auch noch nie gesehen. Betty schenkte Sherry ein in so feine Gläser, daß ich gar nicht wagte, das Glas in die Hand zu nehmen, aus Furcht, es könnte zwischen meinen Fingern zerbrechen. Abgesehen davon, hatte ich bisher keinen Sherry getrunken. Wein durfte ich manchmal kosten, hin und wieder ein Schluck Bier. Der Sherry schimmerte golden in dem Glas, Betty schimmerte wie ihr Sherry, und ich nippte ganz vorsichtig vom Rand. Das bißchen Sherry wird dich nicht umwerfen, Rosanna, keine Bange, er wärmt die Seele, und das kann man immer gebrauchen. Vor dem ersten Spiel ein Glas Sherry, aber ich sehe, du fremdelst noch.

Ich kenne dich doch gar nicht, sagte ich, und vom Schachspiel habe ich auch keine Ahnung.

Bei diesem Spiel kann man sich sehr gut kennenlernen, Rosanna, deine Schwestern und Brüder kannten mich fast ausschließlich übers Brett. Allen Rapmundkindern habe ich das Schachspielen beigebracht, und mit Amalie, der Ältesten, spiele ich noch heute von Zeit zu Zeit. Du bist die letzte aus Rapmunds Wigwam, mit der ich das Vergnügen haben werde einige Partien zu spielen, dabei lernt man sich kennen, Rosanna.

Ich weiß noch, wie ich plötzlich aus dem Sofa sprang, die Katze ebenfalls hoch schoß, und wir beide so erschraken, als hätte Betty eine Lunte gezündet. Sie erschrak auch, und als sich unsere Schrecken nach einer Weile legten, tranken wir den Sherry in einem Zug. Danach blickten wir uns lange in die Augen, die Katze rollte sich wieder zusammen und fing an zu schnurren. Betty machte es ihr nach, aber bei ihr hörte es sich an wie ein Säuseln. Es tut mir leid, Rosannakind, das habe ich nicht gewollt. Woher soll ich wissen, daß du nichts weißt von deinen Brüdern und Schwestern? Der alte Seifensieder, ein Geheimniskrämer, läßt mich in den Fettnapf treten, das wird er mir büßen.

Nein, sagte ich und wußte damals nicht, warum mich diese Nachricht einerseits getroffen hatte, andererseits den Schrekken sofort wieder vergessen ließ. Ich wollte auf jeden Fall verhindern, daß Betty Rapmund irgend etwas sagte.

Ich nehme an, du bist die letzte in Rapmunds Wigwam, schnurrte Betty, glaub mir, Kind, das hat seine Vorteile. Die Anderen sind alle weggeflogen, verstreut, ausgewandert sogar, bis auf Amalie, sie ist die einzige aus eurem Haufen, die mich manchmal besucht, von deinem Vater aber nichts wissen will. Amalie kommt, um mit mir Schach zu spielen. Und du mußt wissen, Kind, ich habe selbst 2 Kinder geboren, Martin und Annemarie, beide habe ich verloren, Annemie durch ihren frühen Tod, und Martin lebt in Moskau und will nichts mehr mit seiner Mutter zu tun haben. Das ist die Lage, Rosanna. Kinder kommen, wachsen auf und gehen ihrer Wege. Der Krieg hat natürlich auch dazu beigetragen, daß wir uns aus den Augen verloren haben, anstatt zusammenzuhalten.

In dieser ersten Stunde auf Bettys Sofa öffnete sich ein Vorhang, und das Stück, das gegeben wurde, handelte von Personen, die mehrere Leben nebeneinander führten, als seien sie schon ewig auf der Welt. Sie traten in Kostümen auf und redeten von ihren Vätern und Müttern in wechselnden Rollen. Von Schuften redeten sie, von Verbrechern, Liebhabern. Sie redeten von gerissenen Verführerinnen und flüchtigen Abenteuern. Kinder wurden in rasender Geschwindigkeit geboren, erwachsen, schlugen ihre Väter tot, vergifteten ihre Mütter. Ich saß auf Bettys Sofa und sah zu. Betty nannte Namen, schenkte sich Sherry ein, Stichworte fielen, wie Nachrichten von gestern, in jeder Nachricht kam ein Familienmitglied vor, das sogleich wieder von der Bühne verschwand, ehe ich richtig hingucken konnte. Als Lissy schließlich auftauchte hinter dem Vorhang, hörte ich, wie sie mit allen, die von der Bühne verschwanden, redete. Sie kannte sich aus in Rapmunds Wigwam, sie saß dann auch in der Mitte der Bühne, hielt Hof unter den Abwesenden, die meine Brüder und Schwestern waren. Mittendrin zog sie den Vorhang zu, weil sie mich aussperren wollte. Ich sollte nicht dazugehören.

Einmal habe ich deine Mutter getroffen, Rosanna, sagte Betty, das war noch im Krieg. Sie fragte mich nach Amalie, aber damals wußte ich nicht, wo Amalie steckte. Während des Krieges hatten wir uns verloren, ach, das ist so lange her, ich mag gar nicht daran denken.

Sie trank eifrig weiter. Ich versenkte mich damals in den Anblick des geschliffenen Glases, alle Farben vor Augen, ein Regenbogen über der dunklen Familienbühne. Und dann lachte ich los, so laut, daß die Gläser auf dem Tisch klirrten. Betty sah mich entgeistert an, was nichts half. Ich mußte lachen, und weil ich nicht aufhören konnte, stimmte Betty mit ein. Wir lachten den ganzen Nachmittag, danach war ich beschwipst. Der Sherry ging zur Neige, und das Lachen wollte uns nicht vergehen.

Manchmal rettete ich mich in die Kirche, hörte dem Organisten zu. Heilig Geist in der Bayernallee, 5 Minuten vom Gymnasium entfernt, war immer geöffnet. Großmutter ging morgens um 7 in die Frühmesse, ich kam mittags aus der Schule, setzte mich in die letzte Bank, lauschte hinauf zur Empore.

Eine Zeitlang war ich morgens mit ihr in die Messe gegangen. Sie brachte mir ihre Gebete bei, schenkte mir einen geweihten Rosenkranz aus Apfelkernen und hieß mich die Perlen herunterbeten. Ich mochte diese Gebetsmühle, die frommen Sätze kamen aus einem anderen Reich, waren schön gebaut und hinterließen in mir einen vertrauten Klang. Ich mochte auch die Litaneien, das Gemurmel, wartete immer auf den alles verzeihenden Satz: Lamm Gottes, das hinwegnimmt die Sünden der Welt. In diesem einen Satz steckte für mich die ganze heilige Schrift.

Der Organist kam von der Empore herunter, sah mich in der Bank sitzen und setzte sich neben mich. Er flüsterte: Sie haben zugehört?

Es hat mächtig gerauscht, flüsterte ich zurück. Orgelspiel in der leeren Kirche rauscht.

Sie verstehen etwas vom Orgelspiel?

Ich schüttelte den Kopf. Ich höre nur zu, sagte ich leise. Und dann ist man mit einem Mal weit weg, wie die weiße Taube über dem Altar.

Sind Sie katholisch? Er sah mich so aufmerksam an, und was ich sah, gefiel mir. Das war kein Junge aus der Obertertia mit schwitzigen Händen und Pickeln auf der Nase. Da saß auch kein Feuervogel, keine Händlerseele polarer Herkunft, da saß jemand, der älter war als alle Anwärter aufs Händchenhalten und Küssetauschen. Da saß jemand, den Felicitas als jungen Mann bezeichnet hätte, ein Musikus, sehr schlank, schöne große Hände, die brauchte er ja fürs Orgelspielen. Er sah mich so aufmerksam an, bis ich verlegen wegschaute und sogar rot wurde. Mein Gesicht fühlte sich rot an, und das ärgerte mich. Ich wollte nicht verlegen und rot werden. Ich war doch nicht neu auf der Welt. Außerdem war ich Rapmunds Tochter, da verbot es sich rot zu werden. Ich bin katholisch, sagte ich, zur Kommunion gegangen, auch gefirmt, aber nicht besonders fromm, und ich höre gerne Orgelspiel.

Haben Sie schon öfter zugehört? Ich spiele dreimal die Woche über Mittag, und will mich hier in Heilig Geist bewerben um die Stelle des Organisten. Sie ist gerade frei geworden, lachte er, und ich könnte die Stelle gut gebrauchen. Mein Name ist Sebastian Kniegel, sagte er und stand auf dabei, machte eine leichte Verbeugung, die mich zum Lachen brachte. Sollte ich ihm die Hand geben und meinen Namen sagen? Ich gab ihm nicht die Hand, sagte aber meinen Namen, und er setzte sich wieder, um mich erneut aufmerksam anzuschauen.

Rose Rapmund heißen Sie, das paßt zu Ihnen. Der Name ist so hübsch wie Sie.

Ich wollte protestieren, weil ich mich nicht hübsch fand, doch eine innere Stimme sagte mir, halt den Mund, laß ihn reden. Er hörte dann auf, mir Schmeichelhaftes zu sagen, und zog mich aus der Bank. Mir schien es selbstverständlich, ihm meine Hand zu überlassen. Wir verließen die Kirche, rannten die Treppe hinunter, er löste seine Hand aus meiner und steuerte sein Rennrad an, das er an eine Laterne angekettet hatte. Ich muß los, sagte er. Bis zum nächsten Mal. Plötzlich war er weg. Der Abschied ging so schnell, mir blieb keine Sekunde etwas zu erwidern. Minuten später stand er wieder vor mir. Kann ich Sie nach Hause fahren?

Der Mann, sein blitzendes Rennrad, und ich vorne auf der Stange, niemals. Nein, sagte ich. Ich bin nicht schwindelfrei. Er schob sein Rad neben mir her. Sie erlauben?

Schweigend gingen wir nebeneinander her. Ich beschloß, nicht nach Haus zu gehen. Was immer passieren würde, ich wollte es darauf ankommen lassen. Er redete wieder, er erzählte, er sei Student. Erst habe er Mathematik studiert, aber seit neuestem verschreibe er sich der Musik und der Philosophie. Alles habe miteinander zu tun, die Mathematik, die Musik, die Philosophie. Seit Jahren spiele er Orgel. Mit 15 habe er angefangen, sein älterer Vetter sei Organist und sein Lehrer gewesen. Er wolle mit dem Orgelspielen seinen Unterhalt bestreiten. Nebenbei arbeite er sogar in einer Gärtnerei, schneide Rosen, jäte Unkraut und in den Pausen läse er Wahrheit und Lüge von Nietzsche, woraus er gleich einen Satz zitierte: Was ist ein Wort? Die Abbildung eines Nervenreizes in Lauten.

Ich erinnere mich an ganze Passagen, die er auswendig hersagen konnte. Sebastian Kniegel bestand aus lauter Nervenreizen, jeder Satz eine Sammlung von Lautmalereien. Er legte seinen rechten Arm um meine Schultern, mit der linken Hand führte er sein Rad. Ich glaube, wir liefen damals im Kreis. Er überragte mich. Wenn ich ihm ins Gesicht sehen wollte, mußte ich den Kopf heben. Natürlich weiß ich nicht mehr, was ich alles zu ihm sagte, aber es kann nicht viel gewesen sein, weil er irgendwann stehenblieb, mich erwartungsvoll ansah und viele Fragen auf einmal stellte. Schlafwandlerisch sagte ich dies und das. Als letzte in Rapmunds Wigwam, fühlte ich mich in dieser Situation kindisch und geschwächt, ich hätte ihm ja auch nicht meine Zahnlücke gezeigt. Dieser Orgelspieler mit seinem Nietzsche, seinen Gärtneraugen sollte sich mit meinem angeblich hübschen Namen und ein paar Spinnereien zufrieden geben. Ich hatte nicht mehr zu bieten und wollte keinesfalls so auf der Straße von meinen russischen Romanen schwärmen. Vielleicht würde er mich der Russen wegen schief ansehen. Er beugte sich zu mir und drückte mir einen Kuß auf die Stirn.

Vor Überraschung vergaß ich rot zu werden und sagte schnell, ich müsse jetzt gehen. Da schwang er sich auf sein Rennrad, trat in die Pedale und flog durch die Westendallee. Die Speichen der Räder flirrten, der Radler entschwand in den grauen Himmel. Er kam nicht zurück, ich stand buchstäblich mit leeren Händen, mußte noch einmal in die Kirche, hatte vor Aufregung meine Schulmappe liegen lassen in der Bank.

Warum ich damals fast ausschließlich die Russen las, hing mit unserem Familiendoktor zusammen. In Schievelbeins Wartezimmer an der Königin-Elisabeth-Straße stand nicht nur ein Harmonium, dort war auch seine Bibliothek untergebracht. Bücher, Bücher, vom Boden bis zur Decke. Während der Wartezeiten griff ich mir die dicksten Bände heraus. Die Russen standen alle beieinander, für mich in Augenhöhe. Ich ging sie damals systematisch durch, blätterte natürlich auch in medizinischen Fachbüchern. Der Doktor fürchtete sich offenbar nicht vor Bücherdieben, und natürlich brachte ich die Romane zurück nach einiger Zeit. Er wußte, daß ich mir Dostojewski auslieh und die *Kreuzersonate* von Tolstoi. Ich mochte die Namen der russischen Dichter, sie versprachen mir Himmel und Hölle auf Erden, ich versank förmlich in ihrer Welt und vergaß, was um mich herum passierte. Meistens fing ich gleich im Wartezimmer an zu lesen, fühlte mich gestört, wenn ich ins Sprechzimmer geholt wurde und mir der Doktor den Hals auspinselte mit Jod, kein reines Vergnügen. Das mußte zweidreimal im Jahr sein, die Angina liebte mich nämlich mehr als Vater und Mutter zusammen. Der Doktor beharrte darauf, mir die entzündeten Mandeln zu lassen und sie einzupinseln. Er sagte: Eines Tages werden sich die Biester beruhigen, und es ist besser, sie bleiben in deinem Hals. Später schützen sie dich vor Erkältungen und schlimmeren Infekten.

Es war Mode geworden, sich die Mandeln herausnehmen zu lassen, eine Tortur, das hatte ich schon gehört, und ich war Schievelbein später dankbar, mir diese Tortur erspart zu haben. Ohne entzündete Mandeln hätte ich wahrscheinlich die Russen nicht kennengelernt, nicht in dieser Zeit jedenfalls, nicht unter den Augen der Augenzeugin, nicht unter den Augen der Großeltern, die die Russen so haßten. Sie lasen den Namen Dostojewski, lasen den Titel des Buches *Schuld und Sühne* und verdrehten die Augen. Sie sprachen von Grausamkeit, von russischer Grausamkeit, bis in die Abgründe ihrer Seelen. Und sie schüttelten vereint ihre Köpfe, weil ich mich mit der russischen Grausamkeit beschäftigte.

Meine Großeltern lasen keine Bücher, ausgenommen die Heilige Schrift und das Gebetbuch. Sie fürchteten sich vor dem geschriebenen Wort, fürchteten sich vor Dramen und Tragödien auf dem Papier. Großvater behauptete sogar, wer Romane liest, so wie du, täglich und dauernd, findet sich im wirklichen Leben nachher nicht zurecht.

Sebastian Kniegel wurde nicht der Organist von Heilig Geist. Der neue Organist war ein älterer Herr im schwarzen Anzug. Er hatte Familie und viel Erfahrung als Kirchenmusiker. Sebastian konnte die Orgel spielen, schien den Patres jedoch zu jung und unerfahren. Vor allem war er nicht katholisch, was wohl den Ausschlag gab, die Stelle dem Älteren zu überlassen, einem guten Katholiken, der mehr für die Gemeinde tun konnte, als der junge Mann mit den jazzigen Fingern.

So trafen wir uns nicht mehr in der Kirche, letzte Bank. Wir trafen uns öfter in der Eierschale am Breitenbachplatz, wo man Jazz, Swing, Boogie, sogar Bebob und Rock'n Roll hören konnte und tanzen mußte, wollte man so einen Abend heil überstehen. In Sebastians Begleitung durfte ich in die Höhle hinabsteigen, er war erwachsen. Mit meinen 16 Jahren wäre ich damals nicht in den Keller eingelassen worden. Sebastian mußte Verantwortung für mich übernehmen, lachhaft, aber wirkungsvoll. Arm in Arm schwebten wir hinab, und ich bekam gleich beim ersten Abstieg zu den wilden Rhythmen meinen ersten Kuß von ihm. Er schmeckte mir damals gar nicht, ich war enttäuscht von der Beiläufigkeit und dem faden Geruch, der aus seinem Mund kam. Wir küßten uns dann wieder nach einem eher zahmen Boogie, und dieser Kuß löste in mir eine Welle des Abscheus aus. Ich rannte von der Tanzfläche, warf mein Glas um, drückte die halbe Zigarette aus und floh aus dem Keller. Floh über die Straße zur U-Bahn, war froh, als ich im Abteil saß, hätte am liebsten gespuckt, weil ich die Zehnzentnerzunge in meinem Mund nicht loswerden konnte. Ich erinnere mich, auf der Heimfahrt nur gewürgt zu haben, und spuckte mir endlich zu Haus die Seele aus dem Leib.

Auf meinem Bett, im Schein meiner kleinen Lampe, zeichnete ich den Kopf des Übeltäters, die klugen Augen, das schmale Männergesicht, aber die Zunge in seinem übergroßen Mund nahm Ausmaße an, die den Rahmen des Blattes sprengten. Später las ich mit Verwunderung unter der Zeichnung den Satz: Wer ekelt sich vorm schönen Mann. Es war keine Frage, die mich damals bewegte, es war eine Feststellung nach wochenlangen Ängsten, er könnte plötzlich auf der Straße vor mir stehen, um mich küssen zu wollen. Zumindest war ich für längere Zeit kuriert, betrachtete meine männlichen Zeitgenossen mit Argwohn und war erleichtert, wenn ich nicht ihre Zunge sehen mußte. Und ich hatte mir eingebildet, Sebastian Kniegel mit den Gärtneraugen würde mir meine Jungfräulichkeit nehmen. Schon in der Kirchenbank war mir dieser Gedanke durch den Kopf geschossen. Ja, damals plante ich meine Entjungferung und hörte nach diesem Zwischenfall damit auf.

Sebastian Kniegel sah ich einige Monate später am Arm einer älteren Frau auf dem Kaiserdamm. Er schob sein Rennrad, wie gehabt, neben sich her, die Frau an seiner Seite strahlte, Ihr Mund war rot wie blühender Mohn. Nichts wie weg, sagten mir meine weichen Knie, und dann war ich weg, auf der anderen Seite, und schaute dem Paar nach mit kühlem Blick, sonst nichts.

Lissys Geburtstage wurden eigentlich nicht gefeiert. Da sie ohnehin nicht älter als 36 Jahre blieb, konnte man den November und ihren Geburtstag getrost vergessen. Doch Raimund Hoge, ihr Verehrer, sah das damals anders. Er kam an ihrem Geburtstag mit einem Geschenk, das er den süßen Vogel Jugend nannte. Ein gefiedertes Wesen mit gespreizten Flügeln zwischen Pfau und Adler, machte sich sehr dekorativ auf dem Klavier. Seinen Kopf krönte ein goldener Kamm. Er war blau und golden bemalt, stand auf ellenlangen Beinen, die güldenen Klauen in seinen Sockel gekrallt. Er hätte ihr Wappenvogel sein können, wäre Lissy nicht durch und durch erstarrt bei seinem Anblick. Raimund sagte, er habe Monate an diesem Vogel geschnitzt, gedrechselt, poliert und gepinselt. Die Großeltern schienen gerührt. Lissy verzog ihr Gesicht zu einem hölzernen Lächeln. Der süße Vogel Jugend war falsch gelandet. Es gab dennoch für alle ein Gläschen Sekt, Lissy entschloß sich, während man ihr zuprostete, zu versteinern. Es sollte eben keinen Geburtstag geben. Raimund Hoge war so eingenommen von seiner Arbeit am Vogel und seinem Standort auf dem Klavier, von dem er geträumt haben mußte, daß er Lissys Steifheit gar nicht bemerkte. Er redete munter drauflos, die Großeltern machten gute Miene, und nach 2 quälenden Stunden ging der Zauber vorbei. Raimund verabschiedete sich leicht erhitzt. Kaum war die Tür ins Schloß gefallen, Großvater hatte ihn hinausbegleitet, riß Lissy den Vogel vom Klavier, öffnete ihren Kleiderschrank und verstaute ihn zwischen den Schuhkartons.

Danach fiel der Name Raimund Hoge nicht mehr. Um Weihnachten herum vermißten ihn allerdings die Großeltern. Sie bestanden darauf, ihn zum Fest unterm Weihnachtsbaum einzuladen. Einen Schutzengel, so sagten sie, dürfe man nicht vor die Tür schicken. Lissy schwieg sich aus, schüttelte bloß den

Kopf, wechselte das Thema. Der Schutzengel hat wohl seine Schuldigkeit getan, sagte Großmutter. Lissy gab keine Antwort. Raimund und seine treuen Augen gehörten der Vergangenheit an. Lissy sprach nie aus, was sie beide trennte, der süße Vogel Jugend allein wird es nicht gewesen sein.

Meine Quelle im Falle Raimund Hoge und Lissy hieß natürlich Felicitas, aber sie war ein seltener Gast geworden, oft war Monate nichts von ihr zu sehen, kamen ein paar Ansichtskarten aus Stockholm oder Kopenhagen. Felicitas Jakob reiste mit ihrem Mann von Konzert zu Konzert. Mischa Jakob, erster Konzertmeister des Radiosymphonieorchesters, nahm sie immer mit auf seine Tourneen. Sie sollte nicht allein zu Haus bleiben und ihre Tage mit Warten verbringen.

Sie sagte, er könne ohne sie in keinem Hotelbett schlafen. Einmal habe er es probiert, berichtete sie, und sei auf einer Reise nach Amsterdam aus dem Takt gekommen. Schlaflos habe er sich nach der Aufführung in der Stadt herumgetrieben und sei dann schließlich auf einer Bank am Bahnhof vor Erschöpfung eingeschlafen, wie ein Obdachloser. Felicitas war nicht nur sein Ruhekissen, sie war ihm genauso wichtig wie seine Geige. Er behauptete sogar, sie sei sein Bogen. Dabei sortierte sie nur seine Noten, legte ihm das Hemd zurecht für den abendlichen Auftritt, band ihm die Fliege. Ohne sie, ohne ihre ordnenden Hände käme er, wo auch immer, unter die Räder. Sie mußte Tag und Nacht um ihn sein, auch bei den Proben saß sie dabei, und je älter er wurde, desto wunderlicher benahm er sich.

Er war nie zu bewegen gewesen, andere Leute zu sehen, mied jede Gesellschaft, jede Geselligkeit. Felicitas sagte, er sei unfähig über anderes zu reden als über seine Musik. Für andere Dinge fand er keine Worte, sah er keine Zusammenhänge, geriet er ebenfalls aus dem Takt, oder er saß bloß stumm in einer

Ecke, wie ein Idiot. Sie sagte wirklich Idiot, sie nannte ihn ihren fiedelnden Idioten, einen Notenfresser. Sie lächelte nie, wenn sie von ihrem Mischa sprach, das Lächeln mußte ihr abhanden gekommen sein in den vielen Jahren ihres Zusammengeschweißtseins.

Lissy sagte, Mischa sei schon als junger Mann ein seltsames Gewächs gewesen, das nur 2 Dinge für lebenswichtig erachtet habe, seine Musik und seine Felicitas.

Vielleicht mußte man Felicitas und seine Musik als ein und das selbe ansehen. Felicitas hatte seinetwegen ihre Musik, ihren Gesang aufgegeben. Die beiden hatten sich am Konservatorium in Breslau kennengelernt, an dem auch Lissy zunächst Gesang studierte, aber bald damit aufhörte, weil es sie zum Schauspiel zog und zu Rapmund.

Ich erinnere mich genau an Felicitas' ersten Besuch in der Badenallee nach Rapmunds Auszug aus dem Balkonzimmer. Die Freundinnen sahen sich nach Jahren der Kriegswirren wieder und konnten es nicht fassen, die Katastrophe ohne äussere Schrammen überstanden zu haben. Felicitas, die elegante, sie lachte schon damals viel und ausgiebig ohne ihren Mischa, obwohl es doch so wenig zu lachen gab, und sie redete am liebsten über alles mögliche, nur nicht über die Musik.

Glücklicherweise erschien sie dann doch mitten im Advent, bald nach dem Verschwinden von Raimund Hoge. Diesmal kam sie aus den Vereinigten Staaten und brachte Souvenirs mit. Einen Schlüsselanhänger in Gestalt des Empire State Buildings aus New York und andere Kleinigkeiten. Eine Flasche Bourbon für Großvater, der noch nie so etwas getrunken hatte. Lissy und Felicitas zogen sich sofort ins Klavierzimmer zurück, und ich wartete auf den Augenblick, sie beim Abschied abzupassen. Brachte sie 2 Stunden später, wie so oft, zur Straßenbahn und fragte sie rundheraus, warum Raimund den Laufpaß bekommen habe. Felicitas wurde zum ersten Mal richtig ernst, als sie sagte: Das ist kein Mann für deine Mutter. Das ist ein Einfaltspinsel. Ich erschrak regelrecht, so hatte Felicitas noch von keinem Menschen gesprochen, obwohl ich das Wort Einfaltspinsel hübsch fand, ohne es auf Raimund beziehen zu wollen.

Dieser Einfaltspinsel, sagte Felicitas, wollte deine Mutter heiraten, er hatte ihr mehrere Anträge gemacht und sie bekniet, seine Frau zu werden. Stell dir vor, Rose, er wollte dich adoptieren. Dich, Rapmunds Tochter!

Vorbei war es mit ihrem Ernst in der Stimme. Sie lachte herzlich, sie lachte den armen Raimund im nachhinein aus, sie lachte sogar schallend, und dabei fing es an zu schneien. Lachend, lächelnd nahm sie mich in den Arm und sagte mit ihrem schönen vollen Mund: Es kommt schon noch der Richtige, aber adoptieren lassen darfst du dich nicht, Rose Rapmund. Gewiß nicht, ganz gewiß nicht, Felicitas, sagte ich und lachte auch ein bißchen. Ich bin doch kein Baby mehr. Lachend und mit Schneeköpfen gingen wir auseinander.

Da war die Zeit der Rosen schon angebrochen. Lissy kam abends vom Dienst und brachte eine Rose mit, dunkelrot, langstielig, stellte sie in die einzige hübsche Vase aufs Klavier und ging zur Tagesordnung über. Jeden Tag eine neue Rose, immer dunkelrot, langstielig.

Vielleicht versuchte es Raimund jetzt weniger einfältig und ließ Rosen sprechen. Es herrschte Vasenknappheit im Haus. Die vielsagenden Blicke der Großeltern erklärten nicht, was es mit den Rosen auf sich hatte. Vasen mußten bei den Nachbarn ausgeliehen werden. Die Rosen kamen, standen, verblichen.

Lissy tat so, als gehörte die tägliche Rose zum selbstverständlichen Mitbringsel im Winter. Rosen vom Blumenhändler, Rosen aus dem Automaten, Rosen von Herrn Unbekannt? Zu viele Rosen. Großmutter wollte nach einer Weile von Lissys Rosen nichts mehr wissen. Manche schlummerten tagelang im Papier, das die Aufschrift trug: Schenke Blumen. Rote Rosen sagten zu viel, als daß man sie hätte verschweigen können. Lissy sagte nur: Es weht ein neuer Wind im Büro.

Die Rosen, deren Herkunft im Dunkel blieben, veränderten Lissy. Sie wurde nach und nach hübscher, war plötzlich jünger als 36. Sie achtete auf ihr Äußeres, trug Jackenkleid und Seidenschal und eine Pelzjacke, die ihr Felicitas vermacht hatte. Sie ging oder fuhr nach Adlershof, als gäbe es beim Augenzeugen täglich eine Cocktailparty. Die Großeltern hatten noch immer keine Ahnung von ihrem östlichen Treiben, ihrem Dienst am Volke drüben. Einmal sah ich sie am S-Bahnhof Westkreuz in die Wechselstube gehen, und ich fragte mich, wann wird ihr Geheimnis auffliegen? Werde ich sie verraten, werde ich ihr den Augenzeugen unter die Nase reiben? Als sie aus der Wechselstube herauskam, sie sah mich natürlich nicht, kurzsichtig wie sie war, packte mich heftiges Mitleid. Sie tat mir leid, so einsam unterwegs mit ihren dunklen Geschäften. Die Rose des Tages aber trug sie zwischen 2 Fingern.

Sie kauft die Rose jeden Tag, um zu Haus Verwirrung zu stiften, schoß es mir auf dem Bahnhof durch den Kopf, und ich weiß noch, wie ich zur Blumenfrau ging an der großen Treppe und sie fragte, ob gerade eben eine Dame in einer Pelzjacke eine Rose gekauft hätte.

Die Blumenfrau schüttelte den Kopf. Meine Blumen kommen aus dem Garten, sagte sie. Sie sehen ja selbst, Rosen sind nicht dabei. Um diese Jahreszeit gibt es keine Gartenrosen mehr.

Die täglichen Rosen waren das eine, daran konnte man sich mit der Zeit gewöhnen, die Heimkehr eines Fremden war das andere, das jeden Tag in der Zeitung stand und darum den Krieg noch lange nicht vergessen ließ. Großmutter las mit Vorliebe solche Heimkehrergeschichten, denn ihr Ältester galt als vermißt. In ihrem Herzen hatte sie ihn längst begraben, es wurde kaum je von ihm gesprochen, und das Foto im Silberrahmen zeigte einen jungen Mann mit Studentenmütze, der in die Kamera lächelte. Lissys Bruder, fern unserer Wirklichkeit und ihr darum ebenso fern ein wenig ähnlich. Den Silberrahmen schmückte ein Trauerbändchen.

Aber Weihnachtszeiten haben auch ihre Tücken, wir waren auf alles mögliche vorbereitet, nur nicht darauf, daß wenige Tage vor dem Fest dieser Fremde vor der Tür stand, die ich nach einem zaghaften Klingeln öffnete, einen rundlichen Menschen stehen sah, der einen Namen nuschelte, den ich nicht verstand. Großmutter kam dazu und sagte: Wir kaufen nichts. Sie stieß die Tür zu und riß sie wieder auf. In ihre Augen trat ein Entsetzen. Großvater stand auch plötzlich zwischen uns, und was sich da abspielte, wurde noch nach Jahren so erzählt, als sei es eben erst passiert. Der kleine, bauchige Mann in einem lächerlich komisch karierten Anzug war niemand anderer als der vermißte Älteste. Arnold. Arnold Hase, angeblich in Stalingrad verschollen. Die Alten taten sich schwer, den Mann in der Tür wieder zu erkennen. Er nahm die Baskenmütze vom Kopf, rötliches Haar kam zum Vorschein, das blasse, etwas teigige Gesicht erinnerte mitnichten an das Foto im Silberrahmen. Erst der Tonfall, und wie er seinen Namen aussprach, löste den Bann. Großmutter machte eine hilflose Geste, ließ den Menschen eintreten. Großvater gab sich reserviert. Beide saßen sie wie vom Donner gerührt in ihrer eigenen Küche und starrten den Fremden an, ihren Sohn, den sie umgekommen glaubten, dem sie nachgeforscht hatten. Ungezählte Briefe ans Rote Kreuz waren nach dem Krieg geschrieben worden, alle Heimkehrerverbände hatte Großmutter ausfindig gemacht, um heraus zu bekommen, wo sie etwas über den Verbleib ihres Sohnes in Erfahrung bringen konnte. Sie hatte ihn betrauert, das Bild von ihm auf ihrem Toilettentisch erinnerte sie täglich an ihn. Jetzt starrte sie den Fremden an, der wie ein Vertreter für Bohnerwachs in ihrer Küche saß, in dieser lächerllichen Aufmachung mit dem Propeller am Hals. Es dauerte eine Ewigkeit, bis der erste Satz fiel. Großmutter sagte: Das ist Rose, Lissys Tochter, als müsse sie einen Rettungsring ergreifen, um sich in die Wirklicheit zu hieven. Der Fremde schaute freundlich desinteressiert, wiederholte meinen Namen, fügte den seinen hinzu, eine Verbindung, die auf Verwandtschaft hinauslief. Rose Rapmund, wiederholte er dann mehrfach, er kannte also meinen Nachnamen. Die Großeltern sahen sich betreten an.

Für einen Spätheimkehrer sah der Mann am Küchentisch wohl genährt aus. Großmutter sagte später: Das blühende Leben.

Er bat um ein Glas Wasser. Großmutter gab es ihm. Er trank langsam, sah niemanden an dabei. Er fand keine Worte. So wie er, sahen wir alle nicht aus. Dieser runde, kleine Kerl mit den fleischigen Händen sollte Lissys Bruder sein? Der Älteste? Er schlug aus der Art. Lissy und die Ihren waren schlank, schmalgesichtig, zarte Gliedmaßen. Der Heimkehrer paßte gar nicht in diesen Rahmen.

Dann berichtete er stotternd, er sei 43 desertiert, abgetaucht. Im Nordwesten Frankreichs, habe sich fern von seiner Einheit durchgeschlagen nach Süden, entlang der Rhone, immer weiter, bis er aus Schwäche aufgeben mußte. Pause. Ein neues Glas Wasser. Großvater war blaß geworden, sagte: Desertiert, Sie – du? Arnold nickte, sah ihn aber nicht an. Redete auch nicht weiter. Großmutter schüttelte den Kopf. Das ist nicht mein Sohn, sagte sie. Großvater fügte hinzu: Feigling. Sie wollen uns wohl einen Bären aufbinden, Herr Hase! In seinem Gesicht stand die Zornesfalte, und fast hätte er einen Wutanfall bekommen. Großmutter fragte betont leise: Wo kommst du eigentlich her nach den vielen Jahren?

Der Älteste zuckte mit den Augendeckeln. Aus Lyon.

Aus Lyon, echote Großvater. Aus dem Gefängnis, sind Sie verurteilt worden, Herr..?

Arnold schwieg. Seine rosigen Hände zitterten. Die gepolsterten Wangen verfärbten sich dunkel. Großmutter stiegen Tränen in die Augen. Das war also der Sohn, um den sie getrauert hatte. Fassungslos griff sie ins Leere, in ihren Augen stand das Wasser, als wolle sie in ihm ertrinken.

Großvater betrachtete den Ältesten mit dem Argwohn eines Betrogenen. Er schwieg, alle verlegten sich aufs Schweigen, die einzige Möglichkeit, Gefühle unter Kontrolle zu halten. Für mich war der Auftritt des Ältesten ein Schauspiel mit unklarem Ausgang. Das Schweigen dieser 3 Menschen wurde so tief, und die Gefahr eines Ausbruchs lag so sehr in der Luft, daß ich schließlich aufstand und aus der Küche ging.

Lissys Heimkehr belebte die Szene. Die 3 rührten sich und machten ihrem Dornröschenschlaf ein Ende. Großmutter richtete ein Abendessen, wie sie es immer tat, wenn Lissy nach Haus kam. Als sie den Gast am Tisch sah und er sich erhob mit schüchternem Lächeln, trat sie einen Schritt zurück, sagte, nein, nein, nochmal nein und fiel auf einen Stuhl. Das darf nicht wahr sein, sagte sie. Lissy wickelte ihre Rose aus dem Papier und riß ihr den Kopf ab. Sie murmelte nur: Auferstanden aus Ruinen, ja? Sie mumelte es mehrmals, bis der Älteste sich einen Ruck gab, Lissys Blick suchte, irgendwie zutraulich, und sich so lange räusperte, bis ihm Großmutter ein Glas Wasser reichte.

Ich bin desertiert, sagte er, 43. Habe mich in der Nähe von Lyon versteckt auf einem Bauernhof. Die Leute dort hatten nichts gegen mich, ich war auch nicht mehr in Uniform. Für sie war ich kein Feind. Für sie war ich ein einfacher Soldat, der die Schnauze vom Krieg voll hatte. In der Familie gab es einen Sohn, der nicht an der Front diente, weil er mit einem Buckel geschlagen war. Ich wurde aufgenommen von unseren Feinden, lebte versteckt im Heuschober, arbeitete auf dem Hof mit, bis der Krieg vorbei war. Wir sind Freunde geworden, noch ehe Paris befreit wurde.

Er aß jetzt einen Happen und trank Unmengen Wasser. Lissy sah ihn ungläubig an. Großvater verbiß sich eine Bemerkung. Niemand schenkte ihm Glauben, auch Großmutter nicht. Sie sagte: Warum hast du nie geschrieben? Solltest du nicht in den Osten, an die Ostfront? Wir haben nie etwas von dir gehört. Deine Kameraden sind alle umgekommen, und jetzt das!

Ich wollte damals Schluß machen, sagte Arnold leise. Schon Ende 41 habe ich mich vor dem Osten gedrückt. Ich wollte nicht mehr. Darum habe ich nicht geschrieben. Meine Einheit ist 43 nach Westen verlegt worden, ich hatte mich in diese Einheit hineingeschmuggelt dank einer Namensverwechslung.

Das hast du fein hingekriegt, sagte Lissy. Und wie willst du uns gefunden haben? Das letzte Mal trafen wir uns in Beuthen, du hattest angeblich Urlaub, oder warst du da schon auf der Flucht vor deiner Einheit?

Ich habe die Einwohnerämter angeschrieben, außerdem wußte ich, daß dein Mann nach Berlin versetzt worden war, sagte der Heimkehrer.

Schluß mit den Lügenmärchen, rief Lissy aus, das macht mich krank. Am besten, du gehst jetzt, es ist wirklich das beste für uns alle, du gehst.

Großvater atmete auf, sagte 2 Worte: Deserteur, Feigling und nochmal Feigling.

Großmutter rang die Hände. Aber nicht doch, sagte sie.

Und ob, beharrte Lissy. Der Herr Bruder geht, sagte sie mit Nachdruck. Rose, sei so nett und bringe den Herrn an die Tür.

Und so geschah es. Ich brachte den Herrn Heimkehrer an die Tür. Er ging wie ein geprügelter Hund, und er tat mir leid. Danach herrschte das tiefste Schweigen in der Küche, das es je 2 Tage oder 3 vor Weihnachten gegeben hatte.

Der Mann hat Dreck am Stecken, sagte Großvater später. Wir hätten ihn nicht fortschicken sollen, jammerte Großmutter. Er gehört doch trotz allem zur Familie. Er lügt, sagte Lissy. Er lügt das Blaue vom Himmel. Er hat schon immer viel gelogen und immer Geld von euch gefordert, hast du das vergessen?

Großmutter entfernte das Trauerbändchen vom Silberrahmen und war so geknickt, daß sie am Heiligen Abend im Bett blieb, auch die Feiertage über nichts von der weihnachtlichen Welt wissen wollte. Sie wagte sich nicht einmal in die Christmette, weil sie dem Fest der Liebe Zweifel und Verzagtheit entgegen gebracht hätte. So gab es am Heiligabend nur Butterbrot und Würstchen unterm Weihnachtsbaum. Immerhin stand der Baum.

Die Welt hatte damals einen hohen Rand von strengen Regeln. Lissys Familie legte allergrößten Wert darauf, daß die Regeln eingehalten wurden. Sie verstießen Rapmund, weil er ihre Regeln außer Kraft gesetzt hatte. Sie waren im Begriff, ihren eigenen Sohn, Bruder zu verstoßen, weil er ein Feigling gewesen war im Krieg und die Seiten gewechselt hatte. Sie würden auch mich verstoßen, sollte ich stehlen, lügen oder schlimmeres tun. Das beste an diesem hohen Rand war seine Unsichtbarkeit und das Unausgesprochene, die vielen Siegel der Verschwiegenheit. Man konnte, wenn man es einigermaßen geschickt anstellte, die Regeln brechen, ohne erwischt zu werden.

Ich fragte mich natürlich damals, warum der Heimkehrer seine Wahrheit auf den Tisch packte, um dann abgekanzelt zu werden wie ein kleiner Junge. Hatte ihn die Not nach Haus zurückgetrieben, die Sehnsucht, kam er tatsächlich aus dem Gefängnis, wohl genährt, aber mittellos und voll der Hoffnung, die Seinen würden ihm schon vergeben?

Der Kummer in unseren 4 Wänden über seine unerwartete Heimkehr stieg hoch und höher, war mit der Zeit größer als jede Trauer über seinen vermeintlichen Tod auf dem Feld der Ehre. Das schrecklichste an diesem Ereignis aber war die Ignoranz der Regelbewahrer oder Selbstgerechten. Der Heimkehrer wurde nicht wieder erwähnt, es gab ihn gar nicht mehr, als sei er nach seiner Rückkehr aus dem Nichts, wie Großvater sagte, wirklich gestorben. So wie man meinen Vater Rapmund über Jahre ignorierte, ihm die Existenz absprach, seinen Namen ausradiert hatte, so brachen sie mit ihrem Ältesten, und mir wurde eingesagt, nicht von ihm zu sprechen, weder drinnen noch draußen. Alles, was in der Küche vorgefallen war an Weihnachten, sollte ich für mich behalten, auf Ehre und Gewissen. In ihrem Eifer, die Regeln über den Rand der Welt zu stellen, vergaßen sie leider die Verwandtschaft, die Kusinen in Lichterfelde, Käthe und Mia. Sie vergaßen die anderen, die anders über den Feigling dachten und die uns auch nahe standen, so nahe, daß sie an unserem Heimkehrer nicht vorbeikamen.

Oswald, mein Nachhilfelehrer in Mathematik, betrat damals die Diele in der Badenallee zu allen Jahreszeiten, wie der Klempner von nebenan. Großvater wechselte einige Floskeln mit ihm, Großmutter bot ihm Kaffee an, den er ablehnte. Mit mir zog er ins Klavierzimmer, um mir die Grundlagen mathematischen Denkens einzubläuen. So war es abgemacht. Lissy hatte den Klempner irgendwo aufgetrieben, der sich dann hinter der Zimmertür flugs in einen Pythagoras verwandelte. Er fischte jede Menge Karopapier aus seiner Kollegmappe, auf das er Gleichungen hinwarf, wie ein Buch redete und mir klar machte, daß der Schulstoff immer der gleiche sei, und wenn ich die Aufgaben, die er niederschrieb, als kämen sie aus einem Automaten, nur recht zu lesen wisse, könnte ich meine Note mühelos verbessern. Die Aufgaben und ihre Lösungen variieren nie ins Unendliche, sagte er, denn Mathematiklehrer an höheren Schulen seien selten Mathematiker. Sie verfügten über ein Minimum an Aufgabenstellung mit einem Maximum an Lösungsvorschlägen, und die könne man mit der Wahrscheinlichkeit von 1 zu 50 in Nullkommanichts an den eigenen 10 Fingern ablesen.

Oswald sprach in Rätseln. Er war technischer Zeichner bei Siemens, malte mir an einem Nachmittag 7 Spickzettel und beendete die erste Nachhilfestunde mit der Feststellung: Es ist das Dilemma der Mathelehrer von heute, sie können meistens die Aufgaben nicht erklären, das heißt nicht in Worte kleiden, weil ihnen das Sinnliche für ihr Fach fehlt. Das Sinnliche. Oswald, wenn er die Maske des Klempners fallen ließ, zeigte sich mir auf dem Karopapier und in natura von seiner sinnlichen Seite. Die 7 Spickzettel wurden mein Abrakadabra bei der nächsten Mathearbeit. Die Lösungen standen wie feststehende Tatsachen auf den winzigen Schnippseln, da konnte ich nichts falsch machen, höchstens falsch abschreiben. Ich schrieb nicht falsch ab, meine Lösungen wurden bei der Bewertung der Arbeit akzeptiert. Ich hatte mich nur in einer Aufgabe geirrt und war zu einer sogenannten Zwischenlösung gekommen, mein Irrtum, nicht Oswalds, hatte mich aber insgesamt um eine Note verbessert.

Oswald kam alle 14 Tage in die Badenallee. Klempnergesicht, freundliches Geplänkel in der Diele, hinter die Tür. Aus unseren Nachhilfestunden kam ich jedes Mal sinnlicher geworden und gespickt mit neuen Schnippseln hervor. Dieser Mensch schaffte es in Nullkommanichts mir alle Scheu zu nehmen. Er machte sich ohne Verzierungen an mich heran. Nach der dritten Stunde umarmten wir uns auf Lissys Sessel. Er küßte mein Hemd, dann die Brust, seine Hände krochen unter meine Arme, er kitzelte mich an und in den Ohren, erreichte dann die Gürtellinie, flüsterte Sinnliches und beendete die Stunde. Ergebnis: 3 Spickzettel und heftiges Verlangen nach seiner Art.

Wir trafen uns außerhalb der Nachhilfestunden zum Schlittschuhlaufen auf der Eisbahn am Hildegardkrankenhaus. Auch auf Kufen beherrschte er den Radius des Platzes, als sei er ausersehen, die Tiefe des Raums in Nullkommanichts bis zur Horizontlinie auszudehnen.

Wir flogen parallel über das Eis, er war der Schnellste auf dem Platz, ich lernte von ihm das Rückwärtsfahren im Kreis, ohne schwindelig zu werden. Die Arme vor der Brust gekreuzt, an den Händen gefaßt, schwebten wir über die glitzernde Fläche. Aus den Lautsprechern dröhnten neueste Schlager und langsamer Walzer. Wir fuhren im Schlaglicht der Scheinwerfer oder in tiefstes Dunkel hinein, und da, wo uns niemand sehen konnte, drückten wir uns.

Ich blickte öfter in den Spiegel, um etwas von den Küssen zu entdecken auf meiner Haut. Oswald hinterließ nie Spuren.

Deine Mutter könnte mich zur Rechenschaft ziehen, sagte er eines Tages, du bist schließlich minderjährig. Das hörte sich an, als sei ich es nicht wert, von ihm geküßt zu werden.

Hast du Schiß vorm Kadi, Oswald? Glaubst du, Lissy zeigt dich an, wenn sie einen blauen Fleck an meinem Hals vorfindet?

Und schon setzte er sein Klempnergesicht auf, sah mich geschwollen an, wollte mich an sich ziehen, aber ich sagte: nein. Zu viele Wenns und Abers. Außerdem, Herr Oswald, bin ich minderjährig, eben haben Sie es gesagt, und darum kein Fall für Küsse. Vielleicht sind Mathe und Küsse nicht die richtige Mischung.

Er schüttete sich aus vor Lachen, hielt das Ganze für einen Scherz, streckte seine Hand aus, ich wollte seine Hand nicht. So schob er mir eine Riesenlatte Aufgaben über den Tisch, präparierte neue Spickzettel, die er in der kurzen Zeit von einer Stunde zu Papier gebracht hatte. Oder er hatte sie in seiner Collegmappe dabei. Als technischer Zeichner im Büro bei Siemens könne er nebenbei ein ganzes Mathematikbuch verfassen, behauptete er. Alle meine Kollegen im Büro machen nebenbei noch etwas anderes. Sie verkaufen Billigreisen, Schnäpse von drüben, Tabak aus dem Baltikum und die Ausschußware der Schuckertwerke, Steckdosen, Schalter und so, sagte er.

Händlerseelen, mein Freund Oswald, eine Händlerseele, das kam mir bekannt vor. Da war ich mir nicht mehr sicher mit den Umarmungen, Küssen auf dem Sessel und auf dem Eis. Und im Dunkeln in meinem Bett, wenn ich mich danach sehnte. Klempner und Händlerseele, Mathe an Minderjährige verkaufen und Schukostecker für Arme. Das konnte nichts werden. Wieder ein Kandidat, der mir meine Unschuld gelassen hatte.

Später stellte sich heraus, daß Oswald und Roloff, mein Mathematiklehrer, befreundet waren. Oswald kannte den Stoff für die 10/11. Klasse, so konnte er sich bei mir einschmeicheln als halbes Genie mit seinen Spickzetteln.

Die Stimme meines Vaters erreichte mich nach durchwachter Nacht, morgens um 5, und ich legte das Klempnergesicht und seine Aufgabenlatte ins alte Mathebuch, denn wir würden doch bald ein neues bekommen. Die Stimme aus dem Radio verabschiedete sich von ihren Hörern um 5 Uhr früh. Der Nordwestdeutsche Rundfunk stelle seinen Betrieb ein im Berliner Raum, sagte Rapmund, und übergebe die Staffel an den Sender Freies Berlin im endlich renovierten Haus des Rundfunks an der Masurenallee. Eine Ära geht zuende, eine neue beginnt, sagte die Stimme meines Vaters. Wir hören uns wieder auf einer neuen Frequenz.

Noch 2 Stunden bis zum Aufstehen. Das Pausenzeichen ertönte, als käme es aus dem Weltraum. Ich sah Rapmund seine Papiere einsammeln, das Studio verlassen und das Mikrofon aus Breslau von der Wand nehmen. Was würde mit ihm geschehen?

Ich sah ihn aus dem Haus gehen, 3 Schritte zur U-Bahn, er würde nach Dahlem fahren in die Hüningerstraße, sich schlafen legen, während mein Tag irgendwie anfing, mein Tag ohne Oswald, ein Tag ohne jede Erwartung. Ein Tag wie jeder andere, ein Tag damals, der schon früh um 5 nichts Gutes verhieß.

Im Haus des Rundfunks an der Masurenallee brannte ein Licht. Und wenn man genau hinsah, waren es viele Lichter. Noch vorgestern lag das Haus im Dunkeln, lag das Haus hinter Stacheldraht, um die zu schützen, die es nicht verlassen wollten. Gesendet wurde schon lange nicht mehr aus diesem Haus. Der Berliner Rundfunk sendete seit mehreren Jahren aus dem Osten in Adlershof. Das Haus des Rundfunks, der im Krieg Großdeutscher Rundfunk geheißen hatte, befand sich im Westen, im Westteil der Stadt. Im Westteil der Stadt patrouillierten die Engländer vor dem Funkhaus, damit sich die Russen hinter dem Stacheldraht im Haus sicher fühlen konnten. Sie nutzten diesen Schutz der Verbündeten, um in aller Ruhe und systematisch das Haus, das im Krieg nicht bombardiert worden war, zu zerstören. Sie saßen im Sommer in den offenen Fenstern und sahen hinab auf den Stacheldraht, auf ihre Verbündeten. Sie rauchten Papirossi, winkten und hielten Flaschen in den Händen, aus denen sie tranken. Man sagte damals, die Russen hätten nichts anderes zu tun in diesem Haus, als zu zerstören und Wodka zu trinken. Sie betrachteten es als ihr gutes Recht, noch Jahre nach dem Krieg weiter Krieg zu führen gegen ihre Feinde. Die Engländer mußten zusehen, durften nicht eingreifen.

Rapmund sagte, das Ganze sei ein politisches Tauziehen der Verbündeten, ein schlechtes Stück, in dem die Besiegten noch einmal besiegt werden müssen. Jahrelang verhandelten die Verbündeten um die Freigabe des Funkhauses. Der Stacheldraht rostete, wurde erneuert. Die Inneneinrichtung des Hauses gehörte den Wodkatrinkern und ihren Launen. Das wäre noch endlos so weiter gegangen, hätte es in Rußland nicht einen Machtwechsel gegeben, sagte Rapmund, der die politische Großwetterlage fürs erste veränderte und das Haus aus seiner Fenstungshaft befreite. Der Stacheldraht wurde eingerollt, die Belagerer zogen ab, die Verwüstungen waren tagelang Stadtgespräch.

Du erinnerst dich bestimmt an den Paternoster, sagte Rapmund. Ich habe dir vorgesungen, Rose, beim Hineinspringen, Hinauffahren und wieder herunter, durch den Keller nach oben, da warst du 4 und wolltest ununterbrochen fahren. Du konntest nicht genug bekommen vom Rumpeln und Ruckeln. Es war das Jahr, als ich strafversetzt wurde von Breslau nach Berlin. Du warst furchtlos, und das Rundfunkhaus gefiel dir wegen des Paternosters.

Ich erinnerte mich nicht. Ich sah mich nicht in diesem Haus, ich sah mich überhaupt nicht mit 4 Jahren, stand jetzt zum ersten Mal im Foyer vor dem Paternoster, Hosenbeine pendelten herab, dann ein ganzer Mann, natürlich sah das komisch aus. Wir stiegen zu, und ich sagte, ich könne mich nicht erinnern.

Rapmunds Büro in der Masurenallee unterschied sich kaum von dem am Heidelberger Platz. Schreibtisch, Bücher, fliegende Blätter, Sendepläne. Vielleicht war es heller im Zimmer als vorher, die Wände strahlten von frischer Farbe.

Das Mikrofon aus Breslau lehnte in seiner Verpackung an der Wand, wie ein bandagierter Mann, es würde in diesem Büro weniger Platz haben und machte sich im Stehen sehr gut. Vom Fenster sah man den Funkturm, sah hinunter auf die Straßenbahn, vielleicht hatten gerade in diesem Zimmer die Russen im Fensterrahmen gesessen mit ihren Wodkaflaschen.

Als sie das Haus stürmten, 45, mußten wir uns alle unten im Foyer versammeln, sagte Rapmund. Deine Mutter und du waren damals auch dabei, wir hatten die letzten Bombentage und Nächte im Sender verbracht und waren ziemlich zermürbt. Ein russischer Offizier sprach zu uns in einwandfreiem Deutsch, seine Untergebenen waren bewaffnet, und man wußte nicht genau, was passieren würde. Rapmund nahm seine Brille ab und putzte sie, dann fuhr er fort: Einer dieser rauhen Burschen entdeckte dich in unserem verängstigten Haufen, bahnte sich einen Weg durch unsere Gruppe und streckte die Hand nach dir aus. Du hast dich an deine Mutter geklammert, Rose, und die Hand des Russen verschmäht. Der Offizier schrie plötzlich, er pfiff seinen Mann zurück. Dann ging er selbst auf dich zu, riß dich von deiner Mutter weg und hob dich hoch. Als er dich auf dem Arm hatte und die Spannung in unserer Gruppe kurz vor dem Zerreißen war, hast du angefangen zu weinen und die Arme nach deiner Mutter ausgestreckt. Da lachte der russische Offizier, übertönte mit seinem Gelächter dein Weinen und gab dich deiner Mutter zurück.

Kurz darauf mußten wir auf Anweisung des Offiziers unsere Büros räumen. Wir durften nichts mitnehmen, nicht mal unsere Kaffeetassen, nicht mal unsere letzten Zigaretten. Rapmund sah mich an, setzte die Brille wieder auf. Du erinnerst dich?

Ich schüttelte den Kopf.

Vielleicht besser, daß du nichts mehr davon weißt, sagte er.

Unsere Wohnung nannten die Kusinen damals die Rosenwohnung. Lissy brachte über Wochen und Monate in allerschönster Gewohnheit die tägliche Ration nach Haus. Die Kusinen konnten sich nicht satt sehen an der Pracht. Komischerweise stellten sie keine Fragen, jedenfalls nicht, wenn ich dabei saß. Großmutter schickte sich ergeben in diese Flut, Großvater sah das viele Rot schon gar nicht mehr. Für ihn stand fest, nie wieder Blumen im Haus, weder weiße noch blaue, was zu viel, ist zu viel. Er hatte von Blumen die Nase voll. Aber umkommen lassen, sie nicht aus dem Papier wickeln und anschneiden, das kam nicht in Frage.

Auch Felicitas wunderte sich nach einer Weile nicht mehr, im Gegenteil, sie tat erstaunt, wenn Lissy ihr von Zeit zu Zeit einen Arm voll schenkte. Lissy hatte ja sonst wenig zu verschenken. Rosen besaß sie im Überfluß. Und selbst Felicitas, die in Lissys dunkle Geschäfte eingeweiht war, konnte mir nichts über den Spender der Rosen verraten.

An Raimund Hoge, den Schutzengel, dachte niemand mehr. Diese Mengen ausgesucht schöner Exemplare hatten seinen Namen und seine treuen Augen in Vergessenheit geraten lassen. Für diese extreme Aufmerksamkeit mußte ein anderer im Hintergrund stehen, jemand, den keiner sehen konnte, vielleicht keiner sehen wollte, oder Lissy spielte das Verwirrspiel unbeirrt für sich selbst. Ein Verehrer, irgendwo weit hinten, das mochte sich niemand so recht vorstellen, es sei denn, er hatte eine ansteckende Krankheit, mußte in der Deckung bleiben, konnte nur durch die tägliche Rose zu Lissy sprechen. Wahrscheinlich spielte sich das Rosentheater im Osten ab, beim Augenzeugen, das würde Lissys vehementes Schweigen erklären. Sie führte eben damals ein Doppelleben, doch dachte ich immer wieder, sie will es so und nicht anders haben, ihre Angelegenheit, nicht meine. In manchen Augenblicken bewunderte ich sie sogar dafür und wäre wahrscheinlich enttäuscht gewesen, hätte sie es eines Tages aufgedeckt.

Bis der schwarze Wagen vor der Tür stand, zufällig sah ich ihn im Rosenwinter, sah Lissy aus dem Auto steigen, abends, sah, wie sie sich noch einmal in die offene Wagentür beugte und sie dann zuschlug. Weder den Fahrer noch die Automarke konnte ich erkennen. Raimund konnte es nicht gewesen sein, er fuhr keine große, schwarze Limousine. Bekannte, die schwarze Limousinen fuhren, waren in unseren Kreisen damals nicht gerade häufig anzutreffen. Erst allmählich kam ich dahinter, wer so einen Wagen besaß. Er war natürlich ein Bekannter, ein guter Bekannter, der einzige allerdings, und es fiel mir schwer zu glauben, daß er Lissy täglich eine Rose überreichte. Unser Doktor Schievelbein. Heinrich Schievelbein, der Mann mit den 2 Gesichtern? Verheiratet mit Klara seit Menschengedenken, Vater einer Tochter Sylvia, mit der ich angeblich im Sandkasten gespielt habe, die unsichtbare Sylvia, Sylvie gerufen, weit weg in einem Internat am Bodensee. Ihr Vater immer in Bewegung, immer in seiner Praxis oder unterwegs zu seinen bettlägrigen Patienten. Der sogenannte Armendoktor aus der Königin-Elisabeth-Straße. Klara, seine Frau, von den Patienten Schwester genannt, verabreichte Spritzen, kümmerte sich um die Krankenscheine, kannte die meisten Patienten mit Namen. Ihr Heinrich, unser Leib- und Magendoktor, Lissys Rosenkavalier? Nicht auszudenken. Großmutter hielt große Stücke auf den Doktor, ließ nichts auf ihn kommen. Er sei ihr Lazarus, sagte sie oft, er mache sie gehen, wenn sie nicht mehr gehen könne. Ihr Lazarus. Sie durfte natürlich nicht sagen, daß er Wunder vollbringe, das konnte nur einer. Aber die Spritzen, die er ihr gab, vollbrachten das Wunder, und die Massagen, auf die sich Schwester Klara verstand, ließen Großmutter den Schmerz in ihrem linken Bein über längere Zeit vergessen.

Ein großherziger Mann, der leider nicht an Gott glaubt, sagte sie. Aber das macht nichts, weil er gottgefällig lebt. Er spricht von Gleichheit und Brüderlichkeit, wie die Kommunisten. Er sagt von sich, er sei Kommunist, seufzte sie, ein gottgefälliger, hilfreich und gut. Ein deutscher Kommunist, sagte sie. Das ist etwas anderes als ein russischer Kommunist. Marx war schließlich auch ein Deutscher und kein Unmensch. Die russischen Kommunisten sind so grausam, wie die Zaren grausam waren, die deutschen Kommunisten sind durch das Christentum gegangen. Darum verzeihe ich dem Doktor seinen Kommunismus. Er nimmt kein Geld von denen, die fast nichts haben, und behandelt sie trotzdem. Er ist ein Armendoktor, wie er im Buche steht.

Einem Mann wie ihm war nicht am Zeug zu flicken. Insbesondere, nachdem Großmutter mir noch flüsterte, daß der Doktor ihrem Ältesten, ihrem Arnold, geholfen hatte. Sie sagte, er habe Arnold eine Unterkunft besorgt und Arbeit. Das mußt du dir mal vorstellen, Kind, in diesen Zeiten. Er hat diesem Feigling, wie dein Großvater ihn nennt, unter die Arme gegriffen, während wir ihn vor die Tür geschickt haben, Rose. Schöne Christen sind wir, dafür schäme ich mich in Grund und Boden, muß dem Doktor doppelt dankbar sein.

Und plötzlich sah ich die Rosenarie mit geschlossenen Augen. Schievelbein verehrte Lissy, half ihrem Bruder aus finsterer Not, war der gute Onkel Doktor, kein Mensch kam zu Schaden. Sylvie blieb im Internat, Klara in der Praxis, und Lissy trudelte jeden Abend vom Dienst nach Haus, traf sich mit niemandem, und auch am Wochenende pflegte sie ihre Müdigkeit. Der Augenzeuge und die ungezählten Rosen wurden nicht an die große Glocke gehängt.

Die große Glocke bimmelte dann später und verursachte ein Beben der Gemüter in der Badenallee, meines eingeschlossen. Es muß im Frühjahr gewesen sein, Rosen, Tulpen, Nelken, alle Blumen welken. Das aufregendste Frühjahr, weil Lissy aus heiterem Himmel umziehen wollte. Raus aus der Badenallee nach Grünheide. Sie sprach eines Tages beim Abendessen von einem Häuschen in Grünheide, großer Garten, Sommerlaube – und Platz, so viel wir wollen. Mit der S-Bahn zu erreichen. In 10 Minuten ist man am Alex, sagte sie. Großvater verneinte sofort. Umziehen, wir, kommt nicht in Frage, sagte er. Wir bleiben hier. In den Osten kriegen mich keine 10 Pferde. Was ist in dich gefahren, Lissy? Großmutter schüttelte entgeistert den Kopf und blickte mit aufgerissenen Augen um sich, als drohe ihr Gefahr aus der Luft.

Lissy sagte, sie könne beim Deutschlandsender anfangen, Programmsprecherin werden, in ihrem Beruf arbeiten, wie früher. Sie habe ein entsprechendes Angebot bekommen, für alles sei gesorgt, Umzug nach Grünheide, nur mit Roses Schule, das müsse man sich genau überlegen. Ein solches Angebot komme nicht alle Tage, davon habe sie insgeheim geträumt.

Nur über meine Leiche, sagte Großvater. Wenn du wegen eines Traums in den Osten ziehen willst zu den Kommunisten, dann ziehe in Gottes Namen.

Du hast doch längst deinem Beruf ade gesagt, schon in Breslau, fügte Großmutter zittrig hinzu. Seit Jahren war davon nicht mehr die Rede. Sie war blaß geworden, wie das Wachstuch auf dem Küchentisch. Ich verstehe nicht, wie du plötzlich darauf kommst, zurück an den Sender zu gehen nach so langer Zeit. Sie weinte.

Ich sagte doch, es ist ein Angebot. Urbach hat mir dieses Angebot gemacht. Erinnert ihr euch an von Urbach aus Breslau?

Großvater verschränkte die Arme vor der Brust, neigte den Kopf argwöhnisch, sah Lissy aus Schlitzaugen an. Ist das der Wolf im Schafspelz, der Herr von Urbach?

Lissy wurde rot, flammend rot. Der Herr von Urbach ist Programmchef am Deutschlandsender, in Breslau war er Sendeleiter der Abteilung Nachrichten.

Soso, knurrte Großvater. Jetzt ist er also Kommunist.

Lissy schwieg. Großmutter fiel in sich zusammen, sagte aber den großen Satz: Dein Mann hat uns aus Beuthen herausgeholt, hat uns vor den Russen gerettet, und jetzt willst du uns den Russen in die Arme treiben, mit Kommunisten gemeinsame Sache machen.

Lissy wurde kreidebleich und verließ die Küche mit wackligen Schritten.

Umgehend stürzte ich mich in ein Abenteuer mit Coco Müller, dem ich jeden Morgen auf dem Weg in den Unterricht begegnete. Wir liefen uns schon seit Wochen absichtlich über den Weg, es passierte, weil es passieren mußte. Er kam aus dem Haus seiner Eltern, Westendallee, kreuzte die Preußenallee, ich kam vom anderen Ende Badenallee, kreuzte die Preußenallee. Auf der Kreuzung trafen sich unsere Blicke. Er, grauäugig, Fledermausohren und dunkles Stichelhaar, kein Supermann, eher zierlicher Läufer, der dann den Kopf senkte, als sei er schüchtern, und mich von unten nach oben aus seinen grauen Augen anschaute und, magnetisch angezogen, in Zeitlupe an mir vorbeistrich. Jedes Mal traf mich sein Blick wie ein elektrischer Schlag. Ich ahnte, wußte, daß er sich nach mir umdrehte, wenn wir aneinander vorbeikamen.

Dann aber wollte ich nicht mehr an ihm vorbei kommen. Meine Tage im Westen schienen gezählt, die Zeit war reif, endlich stehen zu bleiben wie Lots Frau und etwas zu sagen. Lots Frau hatte nichts gesagt, als sie das Feuer von Sodom sah, ich erstarrte auch nicht zur Salzsäule direkt vor ihm und so nah, daß ich seinen Atem hörte, der jedes Wort ersetzte. Wir brauchten gar keine Worte, wir standen Aug in Aug und gingen gemeinsam die Preußenallee herunter. Er schwänzte die Lehre im Büro seines Vaters, ich schwänzte die Schule. Dieser erste gemeinsame oder letzte Morgen meines Lebens im Westen gehörte diesem Augenblick. Wir liefen am Olympiastadion vorüber, die Trakehner Allee hinauf und hinunter und schlugen uns in die Büsche des kleinen Parks an der Heilsberger Allee. Ein milder Sonnentag, kein richtiger Frühling, etwas zwischen Frühjahr und mehr. Wir saßen auf den Bänken, streiften durch die Anlage, kamen schließlich in den verwilderten tiefen Grund jenseits der Heerstraße, fanden uns wieder am Teufelssee, Arm in Arm und dann im taufeuchten Sand.

Cocos Gesicht strahlte, aber es war ein finsteres Strahlen, er legte seine Lippen auf meine, ganz zart. Ein Kuß, ein erster Kuß, ein zweiter. Unsere Hände, wie Irrläufer im Gesicht, am Hals, dann überall. Wir lagen allein an diesem schwarzen See, der zum Baden noch zu kalt war, und zogen uns im Schutz von Flieder und Holunder aus, so langsam, als hätten wir alle Zeit dieser Welt, und so furchtlos, weil es so kommen mußte. Nackt lagen wir im Sand, über uns Zweige und Blätter, wir tasteten unsere Gesichter und Körper ab, suchten die empfindlichen Häute und Häutchen, krochen aufeinander zu und übereinander. Sanft kam er zu mir und weinte, als er in mir war. Entzückt vom leisen Schmerz feuerten wir uns an und rollten durch den fest gepappten Sand, wollten nicht aufhören, wollten, daß es nicht endete. Es endete erst mit einem Wolkenbruch. Die Kleider waren schnell feucht unter dem Gebüsch, sie klebten an unseren Leibern. Wir flohen über den Strand zum verfallenen Wasserwerk an der Chaussee, schlüpften unter das Pappdach in eine Mauernische und zogen uns wieder aus. In der Mauernische liebten wir uns im Stehen, gegen die Ziegel gelehnt, und Coco sagte mir ins Ohr, er wolle sich nie wieder von mir trennen, obwohl er schon nächste Woche mit seinem Vater nach Detroit reisen müsse, denn in Detroit sollte er seine Lehre fortsetzen, die Sprache erlernen und in der Fabrik von Henry Ford am Fließband angelernt werden, weil er eines Tages die Fordvertretung seines Vaters an der Bismarckstraße übernehmen müsse. Er, der kleine Coco Müller, der mit wirklichem Namen Hans-Christian hieß, von seiner Mutter Coco gerufen, ein Autobauer in Amerika. Nach dem ersten Schrecken: wieder einer, der nach Amerika verschwinden sollte, lachte ich so laut ich konnte und sagte: Du gehst nach Amerika und willst dich nicht von mir trennen, ich muß demnächst nach Grünheide ziehen, in den Osten und will mich auch nicht von dir trennen. Wir können nur eins machen, durchbrennen.

Coco lachte nicht, ihm war das Lachen schon eine Weile vergangen, ihm kamen die Tränen, und wir standen lachend und heulend in unserer Nische und suchten nach einem Ausweg. Coco war damals 19 und hing an der Angel seines Vaters. Er hätte es nicht gewagt durchzubrennen. Seiner Mutter zuliebe könne er nicht, sagte er. Seine Mutter litt an einer Herzmuskelschwäche, jede Aufregung sei eine Gefahr für sie, das dürfe er nicht riskieren, auch nicht um den Preis der Liebe. Er beugte sich seinem Vater, damit seine Mutter nicht ihr Leben aushauchte. Er würde nach Detroit gehen, seine Ausbildung fortsetzen und abschließen, dann zurückkehren und mich heiraten.

Vielleicht bin ich dann eine stramme Kommunistin geworden und will von Heiraten nichts mehr wissen oder liebe einen anderen, sagte ich.

Coco fuhr mir über den Mund. Das wirst du nicht, Rose Rapmund, wie du keine Kommunistin wirst.

Wir versprachen uns jeden Tag zu schreiben und legten die Hände aneinander wie zum Schwur. Wieder brachte uns die Berührung zusammen, wir konnten nicht auseinandergehen. Jeden Tag sahen wir uns, wir hatten ja nur noch eine Woche. Das Wasserwerk war unsere Zuflucht, unsere Nischenliebe, die die Welt ausschloß. Wir trafen uns spät am Nachmittag oder früh am Abend, rannten Hand in Hand an den Teufelssee auf dem kürzesten Weg, liebten uns, schworen uns ewige Treue.

Am Tage unserer Trennung lag ich im Fieber mit geschwollenen Mandeln, zog die Decke über den Kopf, wollte die Welt nicht mehr sehen. Liebe brannte unter meiner Haut, und als der Doktor mich spät nachts aus meinen Kissen ausgrub, um mir den Hals auszuspinseln, sagte ich: Ich werde keine Kommunistin.

Mußt du ja auch nicht, Rose. Niemand muß müssen. Er wußte also Bescheid. Schievelbein kannte die Lage, natürlich kannte er sie.

Ich habe deiner Mutter geraten, den Posten nicht anzunehmen, sagte er. Er ist unsicher. Der Mann, der deiner Mutter Versprechungen macht, ist ein unsicherer Kantonist, auf ihn und seine Verbindungen kann sie nicht bauen. Da nutzen auch die schönsten Rosen nichts.

Die Rosen kommen von drüben, von ihm?

Schievelbein lächelte. Ist ein großes Geheimnis, Rose, da schweigen wir besser.

Der Augenzeuge, sagte ich.

Er legte den Zeigefinger auf den Mund, nickte. Aber damit ist jetzt Schluß. Deine Mutter hat den Vertrag mit der Wochenschau nicht verlängert. Ihr ist es auf Dauer da zu dunkel und zu frostig. Immer im Dunkeln vom Blatt lesen, davon hat sie die Nase voll. Sie wäre gerne ins Programm gegangen, zum Funk, aber, wie gesagt, von den Versprechungen eines Abteilungsleiters kann man nicht leben.

Und der Abteilungsleiter schenkt ihr Rosen?

Der Abteilungsleiter hatte es auf sie abgesehen, ja. Sie kennt ihn aus Breslau, schöne Frauen sind sein Steckenpferd.

Ist Lissy Kommunistin, heimliche Kommunistin, Doktor?

Schievelbein schüttelte den Kopf. Meines Wissens ist sie Katholikin, sagte er. Für Parteibücher hat sie, glaube ich, nichts übrig.

Und du, Doktor, hast du ein Parteibuch?

Um Himmels willen, Rose, nein. Ich bin kein Parteikommunist, wie der Herr Abteilungsleiter. Ich bin Arzt, behandle die Parteimitglieder in Adlershof, weil man mich dort zum Betriebsarzt gemacht hat. Mein Kommunismus kennt keine Partei, ich schätze das Parteiwesen oder-unwesen nicht. Ich schimpfe mich einen unabhängigen Kommunisten und lache über die Partei.

Das ist eine ernste Angelegenheit, Kommunist sein oder nicht.

Es kommt darauf an, Rose. Ich bin Kommunist geworden aus Überzeugung vor vielen, vielen Jahren, weil ich denke, alle Menschen sind gleich. Dafür benötige ich weder die Partei noch ein ganzes Staatswesen. In erster Linie bin ich Arzt, wie mein Vater ein Arzt war und mein Großvater, und ich sehe mir die Menschen an, die Kranken, die Gesunden. Ihre Parteizugehörigkeit spielt keine Rolle.

Warum redet Lissy nicht über solche Dinge mit mir, warum macht sie uns allen etwas vor?

Deine Mutter ist für Auseinandersetzungen nicht sehr geeignet, Rose. Sie gibt sofort klein bei, wenn man sie angreift. Seit sie sich von Rapmund, deinem Vater, getrennt hat, nach schweren Auseinandersetzungen, Rose, macht sie alles mit sich selbst ab. Außerdem will sie dich und deine Großeltern mit ihren Problemen verschonen.

Und wenn ihr die Großeltern draufkommen?

Dann werden sie es schlucken, wie sie die Scheidung geschluckt haben.

Wir redeten damals endlos und immer kurz vorm Siedepunkt, mein Kopf platzte fast, und zum Schluß sagte ich: Ich will nach Amerika, und zwar sofort. Ich bin verliebt in jemanden, der nach Amerika gehen mußte.

Der Doktor antwortete: Schlafe erst mal und werde wieder gesund, Amerika läuft nicht weg, doch die Liebe geht manchmal seltsame Wege, die mußt du im Blick haben und dich dann entscheiden.

Väter wissen sowieso alles besser, sagte Rapmund lakonisch. Darauf solltest du nichts geben, Rose. Wir saßen in seinem Büro, der Funkturm blinkte herüber, es muß Abend gewesen sein. Das Fieber war vergessen, aber Coco fehlte mir, als hätte er mir an unserm letzten Tag eine Rippe gestohlen.

Väter sind außerdem schlechte Ratgeber, was die Liebe angeht, fuhr Rapmund fort, weil es ihnen gar nicht zusteht, die Gefühle ihrer Töchter zu deuten oder zu beurteilen. Abgesehen von ihrem Egoismus, Rose. Ich will dich nicht an Amerika verlieren, nicht jetzt und nicht morgen. Er schob mir seine Zigaretten über den Tisch, riß ein Streichholz an, gab mir Feuer. Ist es schlimm? Hast du Bauchschmerzen? Möchtest du schon heute die Segel streichen?

Seine Stimme klang weich, die Worte schmiegten sich in seinen Tonfall, und sein Blick, der meinen Blick zu halten suchte, entsprach seiner Stimme. Ich hatte keine Bauchschmerzen, nur so eine Leere und eine Unruhe.

Ich konnte nicht richtig zuhören, hörte schon, was er sagte, aber ob es in dem Moment bei mir ankam, in meinen Kopf hineinpaßte, wage ich zu bezweifeln. Ich erinnere mich, daß er mich nach der Zigarette in den Arm nahm und wir eine Weile wie getröstet dastanden und ich mich sagen hörte, daß ich mit Coco geschlafen habe. Das erste Mal in meinem Leben, sagte ich.

Und er: Da bist du aber spät dran.

O armer Vater, wie konnte ich nur. Wir lachten beide.

Ein Radio kommt mir nicht ins Haus, sagte Belinda. Ich bin kein Radiomensch, Rose. Einer im Haus genügt. Es wird zu viel geschrien im Radio. Seit es das Radio gibt, schreit es aus dem Kasten. Entweder es krächzt oder es schreit. Ich wäre ja auch schon taub, würde ich Radio hören, sagte sie ironisch.

Im Krieg hatten wir so ein Ding im Herrenzimmer stehen, William, mein Mann, wollte, mußte sich das Gebrüll anhören, es war unerträglich, Rose. Wir haben es abgeschafft, um saubere Ohren zu behalten. Vielleicht bin ich altmodisch, weil ich die Stille bevorzuge. Im übrigen habe ich ja Radio, lebendiges Radio, Rose. Rapmund ist mein Radio. Täglich höre ich die Neuigkeiten von ihm. Ich kenne seine Sendungen, weil er sie mir vorliest. Ich höre von ihm, was in der Welt passiert. Wahrscheinlich bin ich zu alt, um noch zu erschrecken über die täglichen Tragödien, die aus dem Kasten kommen. Ich scheine sie alle zu kennen, obwohl ich sie nicht erlebt habe. Die einzige Tragödie meines Lebens war Williams Tod, und diese Tragödie rechnet man zu den natürlichen, sie trifft jeden in jedem Alter. Mir wurde beschieden alt zu werden, was ich mir nach Williams Tod nicht gewünscht habe, Rose. Ihr Vater brachte dann so etwas wie Helligkeit und neues Leben in dieses Haus, sagte sie. Nach einiger Zeit wurden wir Freunde, und seit wir Freunde geworden sind, leeren wir allmählich Williams Weinkeller. Er hat mir eine ansehnliche Sammlung guter Weine hinterlassen, Weine aus unseren geselligen Zeiten, als das Haus noch viele Gäste sah. Sie lachte. Hin und wieder sitzen wir bei einem alten Burgunder, und dann kommen sie zurück, die Zeiten, keine guten Zeiten, weiß Gott nicht. Aber wer kann sich seine Zeit schon aussuchen, Rose?

Belinda erhob sich von ihrem Stuhl, ging durch das Zimmer, jeder Zentimeter unter ihren Füßen schien ihr vertraut, und wenn man genau hinsah, entdeckte man den Trampelpfad im Teppichmuster. Sie trat an die Tür zum Garten und schloß beide Flügel. Zu viel frische Luft, sagte sie. Rapmund meint es viel zu gut mit mir, doch ein Eisschrank bin ich nicht so gern.

Rapmund steckte sich eine Zigarette an.

Rauchen Sie auch, Rose?

Selten, sagte ich.

Belinda Schevening mußte auf die 90 zugehen. In ihrem asketischen Gesicht bildeten die Falten ein Gitter, hinter dem sich ihre frühere Schönheit verbarg. Ihre gerade Haltung wurde gekrönt von ihrem hohen Kopf mit üppig weißem Haar, ein Turban, kompliziert geflochten und gewunden. Sie streckte mir ihre Hand entgegen, eine makellose, feingliedrige Hand. Ich legte die meine in ihre hinein, und sie bedeckte meine Hand mit ihren beiden. Rose, sagte sie mit einer tiefen Stimme. Ich mußte ihr meine Hand lassen, eine kleine Ewigkeit lang, denn sie war blind.

Rose Rapmund, sagte sie, ich bin Belinda Schevening. Nennen Sie mich Belinda, wenn Sie mögen, Ihr Vater hat mir schon so viel von Ihnen erzählt, darum sind Sie mir gar nicht fremd.

Belinda bewegte sich in ihrem knöchellangen Kleid sicher und geschmeidig. Nirgendwo im Haus gab es hinderliche Schwellen, die Teppiche lagen wie festgeklebt. Ihr Salon kam mir weiträumig vor, ebenso die Diele. Das Mobilar stand schwer, dunkel und warf überall seine Schatten. An der Holzdecke zappelte das Licht, das durch die Rundbogenfenster strömte und sich verteilte, als befände man sich auf einer Bühne in einem Stück von Hauptmann, und gleich käme Michael Kramer durch die Seitentür, um mit seinem Sohn und der blinden Belinda einen Dialog zu führen. Rapmund, der Spielmeister, stand da und bat Belinda, sich in ihren Stuhl zu setzen. Da saß sie nun und wartete darauf, daß auch ich mich setzte. Sie spürte meine Verlegenheit, oder war ich nur gebannt durch ihre Erscheinung in einer Umgebung, die ich aus meinen Romanen kannte.

Jetzt leben wir schon 10 Jahre unter einem Dach, Rose, sagte sie, und seit 10 Jahren reißt Ihr Vater die Türen auf, um frische

Luft ins Haus zu lassen. Ich kann es ihm nicht abgewöhnen, eine Rauchermanier. Ach nein, lachte sie, ich tue Ihrem Vater Unrecht. Er liebt den Garten, die alten Bäume, und er hört so gern den Wind in den Bäumen, und er möchte, daß ich ihn auch höre. Kürzlich las er mir aus einem Buch vor, in dem alte Bäume eine Hauptrolle spielen und ein junger Mann, der in einem Baum wohnt, weil in dem Baum seine Träume leben. Rose, erzählen Sie mir von sich.

Das ist nicht so einfach, sagte ich. Aber um beim letzten anzufangen, ich bin verliebt und denke unentwegt an ihn. Ihnen kann ich es ja sagen, Belinda, Sie sind nicht meine Mutter. Alles, was ich denke und fühle, dreht sich nur um ihn. Darum bin ich nicht sehr gesprächig, und über die Schule reden, mag ich am allerwenigsten.

Rapmund hantierte mit Gläsern und einer Flasche. Es roch nach Mandeln. Belinda neigte ihren Turban, setzte ein diskretes Lächeln auf und sagte: Verliebte leben auf einem anderen Stern, von dem man sie nicht herunter holen kann. Beneidenswert, Rose, solange es Sterne gibt. Bringen Sie den jungen Mann doch einmal mit. Sie lachte.

Unmöglich, sagte ich. Er ist in Amerika.

O Rose, dann haben Sie ja viel Gelegenheit von ihm zu träumen, das macht Sie bestimmt schön. Zeigen Sie mir Ihr Gesicht. Ich mußte ihr mein Gesicht zeigen, während Rapmund Mandellikör in kleine Gläser füllte. Er lächelte mir zu, ermunterte mich. Ich hockte mich ganz nah vor sie hin. Ihre Fingerspitzen fuhren langsam über meine Stirn, fuhren über meine Schläfen, tupften meine Wangen, strichen die Nase entlang, zeichneten meinen Mund nach, umkreisten mein Kinn. Ich mußte die Augen schließen, als ihre Hände mein Gesicht umschlossen, ein seltsames Empfinden zwischen Erregung und Widerwillen. Ihre Hände rochen nach frischer Seife, kühlten mir die Stirn.

Wir tranken Mandellikör, der bitter schmeckte und im Hals kratzte. Rapmund sagte: Die Liebe hält uns zusammen, Rose, würde es sie nicht geben, wären wir wie die kalten Gestirne, wir kreisten nur um uns selbst.

Rapmunds Zimmer befanden sich oben im Haus, fast unterm Dach. Im Dachstübchen wohnte Thea, Belindas Haushälterin, die ihr auch den schönen Turban jeden Morgen herrichtete.

Die Zimmer schauten in den Garten, so wollte es Rapmund haben. Den Baum im Fenster, seine Äste zum Greifen. Ein alter Schreibtisch auf dünnen Beinen stand im Fensterschatten des Baumes, er war beladen, wie der im Büro. Manuskripte, Bücher, Zeitschriften in schönstem Durcheinander, Rapmunds Großbuchstaben auf fast jedem Papier. Noch betagter, der Ledersessel neben dem Schreibtisch. Ich versank sofort in ihm. Es gab auch 2 ältere Stühle, auf die man sich nicht setzen konnte, weil sie ebenfalls beladen waren von Papier und Briefbeschwerern, damit die Türme nicht abstürzten. Es roch nach Tabak. Ich strich über das spröde Leder des Sessels, wie Belinda über mein Gesicht streichen wollte. Wieviele Rapmunds mögen in diesem Sessel gesessen, geturnt, auch geschlafen haben? Dieser Sessel müßte sie noch kennen, die Kinder Rapmunds, die ich nicht kannte, nicht wußte, ob ich sie kennen wollte. So ein Sessel wird durch die Epochen gezogen wie ein Elefant, den man nirgends zurücklassen kann. So ein Ledersessel mit der grauen Haut eines Elefanten steht immer nur da, wo er gerade gebraucht wird, in diesem Leben, in dem Leben davor, und eines Tages steht er im Keller, vergessen und verlaust. Die Kinder wachsen über ihn hinaus. Auch ich war über ihn hinausgewachsen, die letzte aus Rapmunds Wigwam.

Alles, was du hier siehst, Rose, stammt noch aus meinem Elternhaus auf der Fischerinsel, sagte Rapmund. Betty hatte die Möbel in Verwahrung im Krieg. Sie standen in ihrer Garage, die keinen Treffer abbekommen hatte. Es sind die Reste, die Überreste mehrerer Generationen, das meiste aber ist verbrannt, Kriege schonen die Vergangenheit nicht.

Im Schlafzimmer erschreckte mich sein schmales Bett – als müsse er sich Nacht für Nacht in eine Mumie verwandeln, um darin liegen zu können. Ich wollte es ausprobieren, stand lange davor und ließ mich dann von dem Kleiderschrank ablenken, dessen schöne Maserung wie ein Gemälde aussah. Am meisten staunte ich über die Frisierkommode mit dem ovalen Spiegel, dunkel, fleckig. Das ist die Frisierkommode meiner Mutter Marie, sagte Rapmund. Betty wollte sie ursprünglich nicht hergeben, wir haben uns fast darum gezankt. Schließlich und endlich konnte ich sie davon überzeugen, sie mir zu überlassen als Erinnerung an unsere Mutter, an der ich sehr hing. Betty weniger. Eine Rarität, Rose. Meine Mutter Marie erbte die Kommode von ihrer Urgroßmutter, sie ist so alt, daß selbst ich Mühe habe mir vorzustellen, wie sie einmal ausgesehen haben könnte in ihren jungen Jahren. Ich liebe dieses wacklige Ding, das eines Tages zusammenbrechen wird, mit mir oder kurz nach mir. Er lachte.

Ich blickte in den dunklen Spiegel und sah nichts, außer meinem Schatten, der an den Rändern ausfranste.

Kein Brief kam aus Amerika. Keine Ansichtskarte vom Empire State Building. Das Haus der Müllers an der Westendallee stand verwaist. Der Name an der Tür verschwieg, was aus den Bewohnern des Hauses geworden war. Monate nur Schweigen, kein Lebenszeichen. Dann stand der Name nicht mehr an der Tür, neue Leute gingen ein und aus. Sie hießen Bornemann und hatten das Haus von den Müllers gekauft. Die Müllers sind weggezogen, sagte Frau Bornemann, alle Möbel wurden in Bremerhaven verschifft. Frau Müller hat uns das leere Haus übergeben. Die Familie lebt wohl jetzt drüben in den Staaten. Ich hätte seelenruhig stramme Kommunistin werden können damals, Coco würde es niemals erfahren, geschweige mich davor bewahrt, geschweige um meine Hand angehalten haben. Coco mit den Fledermausohren, den sanften Küssen, unsere Nischenliebe am Teufelssee, dies und das, was wir uns gesagt und versprochen hatten, stand dann ganz oben in den Sternen. Ich versenkte, was ich ihm gesagt hatte, im Teufelssee und ging nie mehr am verfallenen Wasserwerk vorbei.

Betty Hansmann klagte über ihren verlorenen Sohn, Tage, Wochen, Monate füllten sich damals mit Verlustanzeigen. Wäre ich nicht irgendwann in die Westendallee gegangen, um an der verschwiegenen Müllertür zu rütteln, hätte ich länger, noch länger gewartet, ausgeharrt, gehofft. Hätte ich Betty unsere erste Schachpartie damals verweigert, wüßte ich nichts vom verlorenen Sohn Martin. Betty sagte: Ich habe meinen Sohn Martin an den Kommunismus verloren. Seit über 20 Jahren lebt er in Moskau und denkt nie an seine Mutter.

Der Kommunismus muß ein Untier gewesen sein damals, nur Unheil schien er hervorgebracht zu haben, und ich wunderte mich schon eine ganze Weile, daß ich ihm entkommen konnte, auf Bettys weichem Sofa saß und mir ihre Klage anhörte, das Untier, das ihr den Sohn geraubt hatte.

Er hat nicht geschrieben, als wir seine Schwester Annemarie zu Grabe trugen, im Krieg. Er hat nie geschrieben nach dem Ende des Krieges. Für ihn bin ich gestorben im Leben, Rosanna. Das ist die Wahrheit. Mein Fritzchen konnte das nicht mehr ertragen. Erst unsere Annemarie und dieser entsetzliche Krieg, dann Martin, aus den Augen, aus dem Sinn. Fritz, mein Fritz, hat sich umgebracht, hier im Haus, auf dem Trockenboden mit meiner Wäscheleine vor 2 Jahren. Martin hat nicht reagiert auf meine Trauerkarte, die ich ihm nach Moskau geschickt habe. Daß ich nicht verrückt geworden bin, ist ein Wunder, Rosanna, eigentlich müßte ich verrückt sein in diesem verlassenen Möbellager. Die Möbel sind mir treu geblieben, jede Bombe flog über unser Haus hinweg, Glück gehabt, oder? Ich spreche mit ihnen, wie ich zu dir spreche, Rosanna. Ich spreche mit Annemies Bild an der Wand und mit ihren Kleidern, die sie im Film getragen hat. Ich sorge mich um die toten Gegenstände der Toten. Ich verwalte und hüte Gespenster, Rosannakind.

Die Gespenster flogen durchs Fenster, Bettys Katze Schnee lauerte ihnen auf. Ich kann den Sommer nicht leiden, sagte sie, dann wird alles wieder wahr, was im Winter unter der Decke liegt. Sie bewegte sich zwischen ihren Möbeln wie eine Verkäuferin, die das Zeug loswerden will. Ihre Aufregung paßte so gar nicht zu ihr, und was konnten die Möbel dafür, daß ihr Sohn Martin Kommunist geworden ist und seine Mutter im Stich gelassen hat?

Betty trug einen Kimono aus blasser Seide. Die Vögel darauf flogen. Sie flogen ewig, wie die Gespenster zwischen den Möbeln. Endlich setzte sie sich, verlangte einen Kirsch, bat mich den Kirsch von der Anrichte zu holen. Ich holte ihn, und sie sagte: Ein Stichwort, Rosannakind, und die Gespenster sind da. Muß ich an den Trockenboden denken, sehe ich mein Fritzchen im Trockenboden, sehe ich Martin ganz weit hinten, mein Martin früher, unbeschwert, begabt. Bühnenbildner ist er geworden am Theater Meiningen, später in Kassel, und dann war plötzlich Schluß mit dem Theater. Was rede ich da, Kind, du bist doch nicht gekommen, um einer alten Frau beim Jammern Gesellschaft zu leisten.

Ich hatte das falsche Stichwort gegeben. Ich war zum Schachspielen gekommen, hatte Betty gefragt, was hältst du vom Kommunismus?

Ich fragte damals fast jeden, was hältst du vom Kommunismus? Käthe in Lichterfelde sagte: Der Kommunismus ist ein Unglück, ein Menschheitsunglück, und wenn er über uns kommt, was die Amerikaner verhüten mögen, können wir ein für allemal einpacken.

Schievelbein sagte: Der Kommunismus beschreibt das Ende alter Machtverhältnisse. Die Russen haben ihren Zaren umgebracht, um die Macht des Volkes zu demonstrieren. Sie haben alte Besitzstände zerschlagen, die Enteignung des Privateigentums vorangetrieben. Der Kommunismus nach Karl Marx vertritt den Gleichheitsgrundsatz. Lenin wollte ihn vergröbern, Stalin hat ihn ausgeblutet. Die Idee vom Kommunismus erscheint mir menschlich, darum bin ich Kommunist. Was wir aber aus Rußland hören, was der Kommunismus dort angerichtet hat und anrichtet, erscheint mir unmenschlich.

Betty sagte, Kommunismus ist Menschenraub, Rosanna. Ich hätte mit Fritzchen zusammen auf den Trockenboden gehen sollen.

Lissy sagte, Kommunismus ist die andere Seite der Medaille, sie haben aber das Geld auch nicht abgeschafft und die Menschen wohlhabender gemacht. Ihre Schlagwörter sind wie die Fahnen, die eine ist rot, die andere schwarz.

Rapmund verwahrte sich gegen jedes Glaubensbekenntnis, er wolle nicht für einen Glauben eintreten, weder für einen roten, noch für einen schwarzen.

Betty beruhigte sich allmählich wieder. Die Erregung hatte rote Flecken auf ihren Wangen hinterlassen. Die Vögel auf ihrem Kimono flogen immer noch. Hinter ihr hing das Bild, eine junge Frau im Abendkleid, wahrscheinlich schwarzer Samt, mit feiner goldener Paspel am Halsausschnitt. Über ihrem angewinkelten Arm hing ein Täschchen, passend zum Kleid. Blondes Haar fiel schwungvoll auf ihre halb entblößten Schultern. Das Gesicht blickte hübsch, graublaue Augen sahen den Maler an, sahen mich an.

Das ist Annemarie, sagte Betty. Meine Tochter. Auch sie hat mich verlassen, dieses Goldkind. Deine Kusine, Rosanna. Sie hat das tausendjährige Reich nicht überlebt. Sie starb an einer unheilbaren Krankheit, da hast du noch in den Windeln gelegen. Zum Schluß konnte sie nicht mehr sprechen, hat mit einem Glöckchen geläutet.

Ein schönes Bild, sagte ich.

Betty wiegte ihren Kopf. Der Maler wollte ihre Pose, nicht die Person, sagte sie. Annemie war anders als auf diesem Bild. Ein Mädchen, das nicht erwachsen werden konnte. Sie spielte in Filmen und stand auf der Bühne, immer die Naive, das ewig blonde Kind. Rapmund sprach ihr jedes Talent ab, wahrscheinlich hatte er recht. Sie paßte in die Zeit, blauäugig, naturblond. Sie war mein Kind, Rosanna. Und wenn ein Kind in jungen Jahren sterben muß, müßte man als Mutter mitsterben dürfen. Ich habe sie überlebt und gehofft, Martin würde kommen. All die Kriegsjahre hoffte ich darauf. Ich hätte ihn auch als russischen Offizier oder sonst was in die Arme geschlossen.

Sie lachte plötzlich. Martin hat mit uns gebrochen. Er verachtete seine Schwester auf der Leinwand, er verachtete uns alle. Er hat furchtbare Dinge zu uns gesagt. Stalin wird uns alle vernichten, zu recht vernichten. Das hat er gesagt. Er ist nach Moskau gereist lange vor dem Krieg, hat alles zurückgelassen, seine Begabung, sein Theater, seine Familie. Er lebt in Moskau, ich weiß es ganz genau, und arbeitet bei einer Zeitschrift. Sonst weiß ich nichts über ihn, vor allen Dingen weiß ich nichts von ihm selbst. Betty erhob sich, lief wieder hin und her zwischen ihren Möbeln. Eine russische Schwiegertochter, russische Enkel, warum nicht, sagte sie. Ich habe nichts gegen das Russische, im Gegenteil, ich habe nur etwas gegen das Gift, das sich die Russen gespritzt haben und verspritzen.

Sie trat an eine Kommode, zog eine Schublade auf und kam mit dem Täschchen zurück, passend zum Kleid, das Annemarie auf dem Bild trug. Ein Andenken an deine Kusine, Rosanna, die du nicht mehr kennenlernen konntest. Schnee sprang von der Fensterbank herunter, war mit einem Satz neben mir und legte eine Pfote aufs Täschchen, als wollte sie mir das Geschenk streitig machen. Ich öffnete den Schnappverschluß, zog ein besticktes Taschentuch heraus, das ein wenig nach Lavendel roch. Zugleich fiel eine Postkarte in meinen Schoß, eine Filmpostkarte mit dem Porträt der hübschen Blondine. Lächelnder Blick, Pose, wallende Mähne.

Ihr seht euch nicht ähnlich, du und deine Tochter. Zum Glück, sagte Betty. Mit meinem Gesicht wäre sie nicht zum Film gekommen. Wechseln wir das Thema, Rosanna, spielen wir eine Partie.

Ich habe keine Ahnung, Betty.

Sie holte das Brett von einem Tisch, stellte es zwischen uns, und sofort veränderte sie ihre Haltung, begannen ihre Augen zu glänzen, als hätte sie gerade geweint. Man sagt, es sei das geistreichste unter den Spielen, sagte Betty. Das Schach stellt eine Schlacht vor. Du siehst die 16 weißen und die 16 schwarzen Figuren, 2 gleichstarke Heere auf 64 Quadratfeldern, geordnet aufgestellt, um sich zu schlagen und das Oberhaupt, den König, matt zu stellen.

Betty hatte mir die weißen Figuren zugewiesen. Anfänger müssen mit den weißen spielen, das ist ein ungeschriebenes Gesetz. Manche versierte Spieler behaupten, es sei geschrieben, ich habe es nie geschrieben gefunden, sagte sie.

Zieh mit irgendeinem der Bauern in der ersten Reihe, meistens eröffnen die Bauern das Spiel, die einfachen Soldaten. Anhand der Figuren lernt man am schnellsten. Zur Eröffnung dürfen die Bauern 2 Schritte nach vorn gehen, ein Feld überspringen. Sind sie im Spiel, dürfen sie nur noch einen Schritt gehen. Haben sie jedoch einen Gegner, den Turm, den Springer, Läufer oder die Dame, auch einen gegnerischen Bauern schräg vor ihrer Nase, dürfen sie ihn schräg schlagen. Sie sind nicht machtlos, die Bauern, lachte Betty.

Wie drüben im Osten, sagte ich. Arbeiter und Bauern an die Macht.

Klassenkampf gibts nicht auf dem Brett, sagte Betty ungerührt, weiß und schwarz ziehen nicht am selben Strang, sie stehen sich feindlich gegenüber, Bauern gegen Bauern, König gegen König. Sie nickte mir aufmunternd zu, und wir zogen in die Schlacht.

Ich erinnere mich, daß meine erste Schachpartie gar nicht schlecht ausging für mich. Betty nickte sogar anerkennend. Sehr schlagfertig, deine Züge, auch mutig, für den Anfang, so mutig habe ich in meinen jungen Jahren nicht gespielt.

Das Anfängerglück blieb mir 2 Spiele lang treu, Betty jedoch war mir bei den Winkelzügen ihrer Dame um Lichtjahre voraus.

Warum wir dann in Bettys Ankleidezimmer landeten, weiß ich nicht mehr. Nach 3 Spielen, einer Partie, führte sie mich in ihr Ankleidezimmer. Allein das Wort hatte es mir angetan. Dieses Wort gehörte damals in meine Romane. Anna Karenina betrat ihr Ankleidezimmer, um mit sich allein zu sein und ihrem wunden Herzen einen Stoß zu versetzen. Bettys Ankleidezimmer lag unmittelbar neben ihrem Schlafzimmer, ganz wie es sich gehörte, ja, es gab sogar eine Tapetentür zwischen den beiden Zimmern. Benommen von dem Tapetenwechsel, benommen von dem Wort, stand ich auf der Schwelle in Erwartung einer Kammerzofe, die gleich durch die Tapetentür eintreten würde. Betty sagte nur, zier dich nicht so, und zog mich über die Schwelle. Ankleidezimmer, ich buchstabierte es, als läse ich es zum ersten Mal. So sah ein Ankleidezimmer aus, wie im Roman, auf Seite 123, Bettys Damenmöbelchen, Frisierkommode, Polsterstühlchen, Wandspiegel, Schränke, die mich hochgestochen anblickten. O wie ich Betty damals beneidete um ihr Möbellager und ihr Ankleidezimmer. Sie nahm das Samtkleid aus einem der hohen Schränke, Annemaries Samtkleid, nachgemalt auf dem Bild, eine schimmernde schwarze Wolke, taufrisch, als wäre sie eben erst in den Schrank gehängt worden.

Dieses Kleid gehörte zu dem Film *Die Garde tanzt*, ein Lustspielchen ohne tiefere Bedeutung, sagte Betty. Das Kleid bedeutete ihr etwas. In ihm, angefertigt für ihre Rolle, steckte eine Nadel, die sie während der Dreharbeiten unentwegt piesackte und die man nicht finden konnte. Man hätte das Kleid an einer bestimmten Stelle auftrennen müssen, um die Nadel zu entdecken, doch dafür war keine Zeit. Der Film mußte schnell im Kasten sein, so daß die arme Annemie mit süßsäuerlichem Gesicht vor der Kamera stand wegen der Nadelstiche und dafür später auch noch gute Kritiken einheimste.

Betty öffnete die Schranktüren weit, und was ich zu sehen bekam, nannte sie den bombastischsten Plunder der Filmgeschichte vor dem Krieg und im Krieg. Dieser preußisch blaue Samtmantel, eine grandiose Stoffvergeudung, gehörte zu den Paradestücken in dem nicht unbedeutenden Kinostück *Der alte und der junge König*. Annemie spielte die Schwester des Kronprinzen Friedrich II von Preußen, Friedrichs Lieblingsschwester Wilhelmine, und lief den ganzen Film hindurch in diesem Mantel herum. Eine Augenweide, Rosanna.

Sie zerrte ein Gewand nach dem anderen heraus, denn es waren Gewänder, selten Kleider, die man auf der Straße trug. Kostüme aus Jahrhunderten, in allen Farben. Stoffen und Verzierungen. Mein Museum, sagte Betty. Ich hüte dieses Museum, jeder Fetzen ein anderer Film. Die Theater heute würden mir die Hände küssen für den Krempel, aber ich kann mich nicht trennen. Ich bringe es nicht fertig, auch nur ein Fähnchen herzugeben.

Betty hatte mich in meine Romane entführt. Ich schwankte zwischen *Krieg und Frieden* und *Anna Karenina*. Es hätte mich nicht gewundert, die süße Natascha aus dem Schrank hüpfen zu sehen, ihr Empirekleid auf dem Arm, in das sie im Moment hineinschlüpfen wollte. Betty Hansmann, die Fürstin, in Vorbereitung des großen Ballvergnügens.

Zur Abwechslung öffnete sie ihren Schrank. Meine Klamotten, sagte Betty. Auch nicht gerade wenig. Sieh mal Rosannakind, hier ist ein Kleid aus meiner Jugend, auch ein Museumsstück, nur nicht so kostbar, eher banaler Sonntagsstaat. Angestaubt, aber erhalten, so wie ich. Ich habe zu viel aufgehoben, konnte nie etwas wegwerfen. Das Kleid stammt aus der Kaiserzeit, nicht gerade meine Lieblingszeit, Rosanna.

Das Kleid hing vergilbt auf dem Bügel, brüchig an den Säumen, die Spitzen rissig. Lange Falten fielen grau herab.

Sonntags wurde ich in schöne Kleider gesteckt, sagte Betty. Für den Kirchgang. Sonntags wurde ich auf der Straße als heiße Ware ausgestellt. Vor der Kirche, in der Kirche und im Ausschank von Raabes Diele, gleich neben dem Elternhaus in der Fischerstraße. Sonntagmorgen kam die Mutter in mein Zimmer zum Frisieren, die Brennschere in der Hand, die Haarnadeln zwischen den Zähnen und Schleifen am Schürzenband. Wehe, ich hätte aufgemuckt. Einmal habe ich mir die Haare abgeschnitten, um der Tortur zu trotzen, das war ein Ärger, niemand hat mich mehr angesehen. Sie lachte. Ist das lange her, Rose, mein Gott, viel zu lange. Mit einer Haube mußte ich herumrennen, um meine Schande zu bedecken, mußte Spott einstecken. Rapmund hat sich über mich lustig gemacht, wie du dir denken kannst, jeder und jede. So war das früher. Nein, nein, ich mochte die Jugendzeit nicht, vor allem wegen der Zurichtungen, die nur einem Zweck dienten, mich rechtzeitig unter besagte Haube zu bringen. Darauf lief alles hinaus. Ein bißchen Klavier spielen, mit hohem Stimmchen singen, Wäsche säumen und Taschentücher besticken, auch ein wenig Konversation machen, ein paar Brocken französisch, vielleicht auch ein wenig englisch, doch bloß nicht zu viel von allem, das verdirbt den Charakter des Weibes und seine Moral.

Betty hängte das Kleid wieder in den Schrank. Dieses ganze Gerede um die schöne friedliche Zeit unterm Kaiser kann mir gestohlen bleiben. Der erste Weltkrieg kam mir gerade recht, sagte sie. Meine Erlösung. Meine ganz persönliche Freiheit. Der Untergang des Kaiserreichs rettete mich vor der geplanten Hochzeit mit einem Herrn Apotheker, der blieb nämlich in Flandern, im Schützengraben. Sie lachte. Wieder habe ich mir die Haare abgeschnitten, habe Bubikopf getragen und kniekurze Kleider. Die Alten traf es wie ein Schock. Es fielen nämlich nicht nur die Säume, auch die Geschäfte gingen rasend bergab. Der Rapmundsche Großhandel in Seifen und Parfüms erledigte sich nach und nach, die Wirtschaftskrise machte meine Eltern über Nacht zu armen Leuten. Dann starb Mutter plötzlich, sagte sie leise, ihr brach förmlich das Herz. Betty lächelte. Da war ich selbst Mutter geworden von Martin und Annemarie. Ich habe so schnell geheiratet, man konnte gar nicht so schnell hinschauen, Rosanna. In den Zwanzigern ist dann so viel kaputt gegangen, als sei die Wirtschaftskrise ein weiterer Krieg gewesen. Ehen, Freundschaften, Geschäfte, unentwegt brach etwas entzwei, auch meine erste Ehe mit dem Vater meiner Kinder. Fritzchen Hansmann war mein zweiter, das Glück meiner späteren Jahre. Aber es hat mir nichts ausgemacht, das viele Unglück, seufzte sie. Irgendwie ging es immer weiter. Für Trauer und Jammer war ich nicht geschaffen. Ich wollte mich amüsieren. Amüsieren wir uns, Rosanna. Lassen wir die Kleider in den Kästen, fahren wir noch ein Weilchen spazieren, gehen in eine Konditorei, dann muß ich dir keinen Kakao kochen. Mit ihrem grauen Benz, der vor der Tür stand, schaukelten wir durch den Frühsommer. Betty summte Kinderlieder am Steuer.

Grünheide, der Deutschlandsender, Umzug oder Auszug, alles wurde gestrichen. So konnte ich dem treulosen Amerikaner Coco in Detroit nicht beweisen, daß ich ohne ihn eine stramme Kommunistin hätte werden können. Es blieb alles beim fast alten. Lissy erschien an einem dieser wiederkehrenden Herbsttage in meiner Kammer, um sich zu erklären. Früher erklärte sie sich im Klavierzimmer. All die Jahre hindurch hielt sie mir ihre Standpauken im Klavierzimmer. Jede Auseinandersetzung wurde im Klavierzimmer ausgetragen, vor allem die tätlichen. Fliegende Kleiderbügel gab es nur dort, ernsthafte Debatten machten sich am besten zwischen Lissys Schlafcouch, ihrem Sessel und dem Klavier. In meiner Kammer konnte man nur klein beigeben. Auftritte waren da nicht möglich, zu eng, zu verstopft, jede Resonanz verpuffte sofort zwischen Tür und Angel. Da stand sie dann auch unter Mißachtung meiner Unordnung, gegen die anzukämpfen sie aufgegeben hatte. Außer dem bewährten Satz: Wie kannst du in diesem Wust nur atmen unterließ sie jeden weiteren Angriff und übersah geflissentlich mein geliebtes Durcheinander.

Wie sie so dastand in der Tür als Fremdkörper, die Schultern ohne Schwung, den Kopf wie unter Wasser, rührte sie mich. Ich ahnte, was kommen würde.

Ihr standen wohl auch die Tränen in den Augen.

Ich werde den Vertrag mit dem Deutschlandsender nicht unterschreiben, sagte sie mit fester Stimme, aus Rücksicht auf deine Großeltern. Sie haben so viel für mich getan all die Jahre, das wiegt mehr als ein neuer Start beim Funk. Wir bleiben also hier, und ich werde mich nach einer anderen Stellung umsehen.

Die Sätze saßen, sie hatte sie vorher ausprobiert, und sie richtete sich auf, sah mich an, prüfte den Nachhall ihrer Worte, suchte in meinem Gesicht nach einer Antwort. Es hätte ein

Augenblick der Wahrheit werden können, aber leider ging der Augenblick schnell vorbei, denn sie seufzte so laut, die Tränen rannen ihr über das Gesicht, als hätten ihre Sätze sie vor den Kopf geschlagen. Ich sagte nicht, was ich dachte, ich behielt mein Wissen für mich. Die Augenzeugen standen einander gegenüber, unfähig, die Dinge beim Namen zu nennen. Es war der falsche Ort. Zwischen Tür und Angel hatte die Wahrheit keine Chance. Lissy weinte, ich schwieg, dabei waren wir vom Klavierzimmer nur durch den Korridor getrennt. Es hätte die Wahrheit geben können, der Zeitpunkt schien genau zu passen, aber wir, sie und ich, paßten nicht zum Zeitpunkt.

Ihre Trauer über ihre verpatzte Zukunft ging so weit, daß sie sich abends in ihr Zimmer einschloß und flennte. Sie gab nur das Nötigste von sich und ließ sich hängen. Manchmal klimperte sie vor sich hin, meistens jedoch herrschte arktische Kälte, die das Leben in der Wohnung lahm legte. Die Großeltern sagten in der Küche, Lissy wird uns noch mal dankbar sein, Rose. Im Osten wäre sie nur unglücklich geworden und du auch.

Wer weiß, sagte ich und brachte wieder die stramme Kommunistin ins Spiel. Großmutter sah mich entsetzt an. Das ist kein Spaß, Rose, sei froh, daß dir diese Feuertaufe erspart bleibt. Hier hast du deine Freiheit, niemand zwingt dich zur Bruderschaft mit dem Feind. Die Russen sind nun mal nicht wie wir, es gibt keine Völkerfreundschaft, das ist nur leeres Gerede, um die Jugend an die Kandare zu nehmen, wie man sie damals an die Kandare genommen hat unterm Führer.

Im Lichte dieses Winters tauchte der verlorene Sohn wieder auf, der sich selbst an die Kandare genommen hatte, um sich rehabilitieren zu können vor seinen Eltern, vor sich selbst.

Er kam aus Ostberlin, hatte Taschen dabei, Koffer, war gut angezogen und sichtbar schlanker geworden. Im Gesicht Falten und eine Magerkeit, die ihn besser kleidete, als der Pastenteint aus Frankreich. Wäre da nicht das auffällige Lidzucken gewesen, diese Unruhe im Blick.

Großmutter schloß ihn in die Arme, den Ältesten, das Kind, das zu hätscheln sie sich vorgenommen hatte. Sie brummte wie eine Spieluhr, und der Sohn brummte zurück. Großvater stand indigniert dabei, die Arme vor der Brust, um ja nicht in die Verlegenheit zu kommen, seinen Ältesten umarmen zu müssen. Arnold berichtete übergangslos von seiner Brigade Wiederaufbau in Niederschöneweide, wo er Tag und Nacht in einem Umspannwerk im Einsatz gewesen sei und nun wisse, wie ein Umspannwerk funktioniere. Der Doktor war nicht der einzige, der ihm geholfen hatte, Arbeit und Unterkunft zu finden. Es fielen eine Reihe von Namen, mit denen die Großeltern natürlich nichts anfangen konnten. Schievelbein habe ihn mehrere Male in der Kantine des Werkes getroffen und ihm die Wege geebnet, sich zurechtzufinden im gelobten Land. Papiere habe er bekommen beim Magistrat, er sei angehört worden in seiner Sache, sogar ein russischer Offizier habe mit ihm über die Angelegenheit in Frankreich gesprochen. Arnold vermied es, seine Drückebergerei im Krieg beim Namen zu nennen. Der russische Offizier habe das zur Kenntnis genommen und ihm gesagt, der Krieg sei vorbei, das Kriegsrecht in Deutschland existiere nicht mehr.

Großvater schüttelte energisch den Kopf, sagte aber nichts. Was sollen wir hier noch rechten, rief Großmutter aus, du kannst dich frei bewegen, hast Arbeit und dein Auskommen.

Sie stellte ihm eine Tasse heißen Kaffee hin und hing an seinen Lippen.

Er sagte: Ich gehe nicht mehr zurück, diese Arbeit ist nichts für mich, ich bin kein Mann, den man beliebig in die Produktion stecken kann. Ich bin kein Arbeiter, ich bin ein Verwaltungsmann, das habe ich immerhin studiert. Ich bin abgehauen, sagte er. Ich bin weg aus Niederschöneweide, als ungelernter Arbeiter in meinem Alter komme ich drüben auf keinen grünen Zweig. Ich mußte mich davonstehlen. Mit vier Mann habe ich auf einer Bude gehaust, unerträglich. An eine eigene Wohnung ist drüben überhaupt nicht zu denken.

Er hielt inne, hielt sich an seiner Kaffeetasse fest, sah seine Mutter an mit diesem gläsernen Blick, tat so, als sei sein Vater gar nicht vorhanden. Großmutter wiederholte das Wort abgehauen, sackte ein wenig in sich zusammen, raffte sich aber wieder. Großvater sagte wie beiläufig: Geflohen bist du, fliehen scheint deine Stärke zu sein.

Arnold entgegnete: Würdest du im Sozialismus leben wollen, den toten Lenin vor der Nase, die Spruchbänder am Himmel, als sei der Sozialismus der liebe Gott? Und in den Taschen klappert nur die Armut.

Der Alte holte nicht aus zu einer Haßtirade auf den Osten, erwähnte die Russen mit keinem Wort. Wieder wurde es klamm mit dem Flüchtling in der Küche. Doch Großmutter erholte sich diesmal schneller von dem Schrecken, reagierte begütigend prakisch, nahm dem Großvater den Wind aus den Segeln. Sie sagte: Du läßt dein Zeug hier stehen, Arnold, ich schreibe ein paar Zeilen an deine Kusinen in Lichterfelde. Du fährst zu ihnen, sie haben Platz, werden dich aufnehmen, und dann siehst du weiter.

Er muß ins Lager, sagte Großvater schroff. Ins Aufnahmelager, er muß sich als Flüchtling melden, sonst kommt er hier auch auf keinen grünen Zweig.

Arnold nickte, er wußte Bescheid. Er wußte, daß er sich als Flüchtling melden mußte. Aber er wollte nicht ins Lager. Was ich hinter mir habe, ist Lager gewesen, sagte er, das reicht. Ich gehe nach Lichterfelde und melde mich bei den Behörden. Entschlossen sprang er auf, stellte die Kaffeetasse ab, ging zu seinen Sachen im Flur, kam mit einer Tasche, packte sie aus. Lebensmittel von drüben. Dosen, Mehl- und Zuckertüten, ein Graubrot.

Wir nehmen nichts aus dem Osten, sagte Großvater.

Großmutter schimpfte sofort: Laß den Jungen in Ruh, er meint es doch nur gut.

Windhund, bellte Großvater und verließ die Küche. Türen fielen knallend ins Schloß.

Großmutter schrieb einen Brief an die Kusinen. Arnold sortierte im Flur seine Taschen und Koffer.

Wenn man bedenkt, daß er Lissy drüben hätte begegnen können. Waren sie sich begegnet? Der Flüchtling verlor kein Wort, bestellte auch keine Grüße an Lissy. Er verstaute seine Bagage in der Abstellkammer und zog mit einem Koffer und dem Brief in der Tasche los. Großmutter weinte, nach dem er das Haus verlassen hatte. Irgendetwas zerbrach in ihr. Am Abend lag sie fiebrig im Bett, niemand durfte ihr zu nahe kommen.

Arnold Hase war nicht der einzige, der dem Osten damals den Rücken kehrte. Es kamen täglich Hunderte. Man redete von Auszug aus dem gelobten Land, die ironische Floskel, die den Flüchtlingsstrom begleitete. Sie kamen mit der S-Bahn, mit dem Zug und zu Fuß über die grüne Grenze, sie schleppten mit, was sie mitschleppen konnten. Die Aufnahmelager waren bald überfüllt. In den Straßen konnte man sie nicht übersehen. Ein Heer von Reisenden mit Sack und Pack.

Lissy ging schlafwandlerisch umher, sie weigerte sich, diesen Lavastrom aus dem Osten zur Kenntnis zur nehmen. Unbeirrt hielt sie an ihrem Schweigen fest, und als sie einen kleinen Posten bei einem Wohlfahrtsverband ergattert hatte und jeden Morgen mit der U-Bahn zum Kleistpark fuhr, war für sie der Osten ausgestanden. Er fand nie mehr Erwähnung, sie begrub das Kapitel *Der Augenzeuge* in meinem blauen Kinderkoffer, den ich erst Jahrzehnte später finden sollte, Hunderte Honorarzettel, die ihre Tätigkeit für die Wochenschau drüben belegten.

Bei der Wohlfahrt kümmerte sie sich um die Armen, die Obdachlosen, auch Flüchtlinge verirrten sich in ihr Büro. Jetzt hatte sie wirklich ein Büro, in dem sie Akten anlegte und sich mit Schicksalen beschäftigte, die sie in etwas anderes verwandeln mußte, in Zahlen, in Statuten und sogenannte Laufzettel. Sie stellte Laufzettel aus nach bestimmten Schemata und schickte die Antragsteller von Zimmer zu Zimmer, verlor sie glücklicherweise wieder aus den Augen.

Der Flüchtling der Familie kam tatsächlich bei den Kusinen unter. Er baute sich langsam auf, holte nach und nach seine Koffer, gab sich bescheiden. Einmal sagte er zu mir: Wenn ich Zollinspektor geworden bin, spreche ich mich mit deiner Mutter aus. Er sagte es so, als wollte er sich bei mir, wenigstens bei mir, Respekt verschaffen.

Rapmund stand immer am Rande. Sein Zimmer in der Wohnung war seit Jahren verschlossen. Es durfte nicht benutzt werden, obwohl es als Balkonzimmer jedes Recht gehabt hätte, offen zu stehen. Lissy haßte Balkons. Balkons zogen Ungeziefer an, Blumen in den Kästen waren in ihren Augen Nistplätze für ungebetene Gäste. Gegen Insekten hegte sie allergrößten Abscheu. Eine Mücke im Zimmer konnte sie in eine Furie verwandeln. Begegnete ihr eine Spinne im Badezimmer, schrie sie so laut, als stünde sie vor ihrem Mörder. Der Schlüssel zum Balkonzimmer lag irgendwo in einem Kästchen, und wir wußten, die bösen Geister von gestern und vorgestern waren für alle Ewigkeit dort eingesperrt worden. Rapmund hatte die Wohnung nach seinem Auszug auf Lissy überschrieben, er hatte das Zimmer geräumt, es leer zurückgelassen. Von dem Tag an geriet der Vater der Wohnung und der Vater seiner Tochter ins Abseits. Wenn ich ihn traf, geschah es nach wie vor heimlich. Alle zu Haus wußten, ich treffe ihn, doch es wurde mir nicht mehr verboten, aber auch nicht gestattet. In diesen Momenten geriet ich, wie er, ins Abseits.

Das Abseits hatte im Laufe der Jahre viele Namen gefunden. Wir trafen uns in Cafés, im Funkhaus oder in der Hüningerstraße. Und so wie es warm wurde, zogen wir öfter in den Schwarzen Grund auf unsere grüne Bank, Belindas Haus in Sichtweite. Rapmund liebte den Schwarzen Grund. Der kleine Teich, die Trauerweiden und der Birkenhain zogen ihn an. In der Hüningerstraße habe ich die alte Buche vor dem Fenster, im Schwarzen Grund die jungen Birken und den Teich.

Auf dem Teich schwammen im Sommer Seerosen und im Frühjahr gab es Froschkonzert.

Rapmund erzählte mir im Schwarzen Grund von dem Theaterstück eines Amerikaners, das er für den Funk einrichten wolle. Ein Stück für die Bühne und fürs Ohr, sagte er. Ein

Kammerspiel zwischen Mutter, Sohn und Tochter. Es spielt in St. Louis, könnte sich aber genausogut hier zutragen. Die Mutter der beiden fast erwachsenen Kinder wurde früh von ihrem Mann verlassen und lebt seither in einer gewissen Armut und Armseligkeit, die sie gerne beiseite drängt, um ihren Kindern von ihren früheren Erfolgen, ihrer glanzvollen Jugend vorzuschwärmen.

Der Sohn Tom träumt längst seinen eigenen Traum, entwischt fast jeden Tag ins Kino und stellt zu Hause Szenen nach, die er mit seinen Phantasien ausschmückt. Die Tochter Laura verläßt so gut wie nie die Wohnung, sie kümmert sich hingebungsvoll um ihre Glastiere, hat ihnen eine eigene Welt gebaut, in der die Wirklichkeit keinen Platz hat. Die Mutter möchte Laura gerne verheiraten, sie sucht nach einem Bräutigam, ihre Tage sind damit ausgefüllt, ihrer versponnenen Tochter den richtigen Kandidaten schmackhaft zu machen. Laura ist nicht nur ein junges Mädchen, das mit Glastieren spielt, sie ist auf eine Weise anders als andere ihres Alters, weil eines ihrer Beine verkrüppelt ist und in einer Schiene steckt, die ihr das Laufen mühsam machen und den Kontakt zu ihresgleichen ausschließen. Sie ist schüchtern, verschlossen und nur glücklich in ihrer kleinen Glasmenagerie. An eine Eheschließung mag sie gar nicht denken, sie spürt natürlich ihr Anderssein und weiß, daß sie ein Mauerblümchen bleiben wird. Leider gibt ihre Mutter den Plan, sie zu verheiraten, nicht auf, und das ist das Drama dieser Bühnenerzählung. Die Figuren reden wie du und ich, sagte Rapmund, Laura, zart und unbeholfen, Tom, der Held des Kinos, spricht wie ein Held, den er gerade auf der Leinwand gesehen hat. Die Mutter zündet ihre Ehephantasien immer wieder neu, und immer wieder ist sie enttäuscht, gibt aber nicht auf.

Laura wäre eine Rolle für dich, Rose.

Ich bin keine Schauspielerin, sagte ich.

Du hast ihre Stimme, behauptete Rapmund. Ich höre Laura sprechen, wenn du sprichst. Natürlich könnte ich die Laura mit einer Schauspielerin besetzen, ich höre aber immer deine Stimme, wenn ich an Laura denke. Du solltest es probieren, Rose.

Ich kann das nicht, sagte ich. Rapmund überfiel mich geradezu mit seinem Angebot. Ich fühlte mich auf der grünen Bank im Schwarzen Grund seinem Angebot nicht gewachsen. Im Gegenteil, es machte mich verlegen, unsicher, und ich fürchtete, ich könnte nicht einmal mehr lesen, sah die Buchstaben verschwimmen, Worte wollten mir nicht über die Lippen. Ich erinnere mich nur den Kopf geschüttelt zu haben. Rapmund steckte mir das Buch zu, ein dünnes Buch, was mich schon enttäuschte, war ich doch meine dicken Bücher, meine Russen gewöhnt. Auch die klassischen Stücke, die wir im Unterricht lasen, hatten mehr Volumen als *Die Glasmenagerie*. Ich war fest entschlossen, meine Stimme keiner Amerikanerin mit einer Beinschiene zu leihen. Automatisch kamen mir Coco und der Feuervogel in die Quere, Stimmen und Küsse, die ich an Amerika verloren hatte. Ich wollte plötzlich eine Zigarette rauchen und noch eine, ich wollte das Kratzen im Hals spüren, ich wollte krächzen, mir die Stimme versauen. Und ich rauchte Rapmunds Zigaretten und nahm das Buch mit spitzen Fingern.

Die Personen des Stückes sprangen mir entgegen. Lauras Bruder Tom schien mir nahe, die Mutter Amanda redete wie ein Buch, log das Blaue vom Himmel, belog ihre Tochter, ihren Sohn mit Glücksversprechungen, vor Sehnsucht nach etwas Glück. Laura versteckte sich hinter all den Lügen, Glastiere konnten nicht lügen, ihre Glasmenagerie erschien mir beinahe heilsam in diesem unseligen Gespinst aus Lug und Trug. Nach dreimaligem Lesen des Stückes beschloß ich, mich in Laura hinein zu versetzen. Es war ein Entschluß gegen meine Natur. Ich erinnere mich, daß ich mich gegen das Stück wehrte, daß ich Laura gern gesagt hätte, sie solle mit ihrer Krücke auf den Tisch hauen und sich die Reden ihrer Mutter verbitten. Mir wäre auch lieber gewesen, sie hätte sich mit Tom, ihrem Bruder, gegen ihre Mutter gestemmt, aber so waren die Verhältnisse eben nicht. Ich mußte, wenn ich die Laura sprechen sollte, in die Verhältnisse hineinkriechen. Ich übte die Laura und ahnte, was Rapmund in meiner Stimme zu hören glaubte, den Sopran ohne Tiefe und Härte. Es hätte auch die Stimme eines Chorknaben sein können, kurz vor dem Stimmbruch. Ich las die Laura mit meiner Stimme, und ganz allmählich wurde es meine Laura.

Rapmund lud mich zu Lesungen des Stücks ein. Zwei machten wir ganz allein in seinem Büro. Er las die anderen Rollen, ich versuchte mich zaghaft und zitterte natürlich vor Aufregung. Rapmund ließ mich lesen, griff nicht ein. Er ermunterte mich mit seinen dunklen Blicken, und ich kam nicht ins Stocken. Die Einsätze verpaßte ich kein einziges Mal. Daß ich die Laura eingeübt hatte, bemerkte er. Meine Stimme konnte die Aufregung nicht wegdrücken. Die Wörter bebten, wenn sie herauskamen.

Nach der ersten Lesung lehnte sich Rapmund zurück und sagte: Den Text kannst du, doch vergiß, daß du ihn beherrschst. Deine Einsätze kommen zu prompt. Stell dir vor, du gehst unentwegt auf Zehenspitzen und knickst ein. Schüchternheit macht verzagt. Sei verzagt bei deinen Einsätzen, und sei leise, als würdest du mit dir selbst sprechen. Laura spricht mit sich selbst, wenn sie zu ihren Glastieren spricht, Glas ist zart, zerbrechlich, zerbrechlich ist auch Laura. Das Mikrofon verstärkt die leisen Töne. Laura ist leise, verzagt.

Die zweite Lesung gelang sehr viel besser. Meine Stimme vibrierte. Rapmund nickte, als müsse es so sein. Keine Bedeutung in die Sätze hineinlegen, sagte er. Bedeutung hat in diesem Stück nichts zu suchen. Nicht einmal Lauras Bruder Tom, als Erzähler, darf seine verträumten Ausflüge in die Kinowelt mit Bedeutung ausfüllen. Die Kunst, dieses Stück zu sprechen, besteht darin, den Wörtern, wie sie geschrieben stehen, zu vertrauen, sie machen die Musik, sie bestimmen das Drama. Dein Tonfall muß dein Tonfall bleiben, gib ihm keine Farbe, keinen fremden Geschmack.

Mit den Schauspielern hielten wir 2 Lesesitzungen im Studio ab. Lauras Mutter Amanda machte ihre Sache so gut, daß ich mir ganz mickrig vorkam mit meiner Laura. Das verzagte, mickrige Ding. Auf dem Studiotisch standen Gläser, die Rapmund während der Leseproben hin und her rückte und leise klirren ließ. Tom machte seine Sache auch sehr gut, manchmal ein bißchen verkniffen, dann wieder der routinierte Träumer und Spinner. Der Heiratskandidat, Jim, hatte den schwersten Part. Er mußte den durchschnittlichen amerikanischen Jungen spielen, unsensibel wie ein Hirsch, tappsig wie ein Bär, die arme Laura brüskieren, ihr weh tun, ohne es selbst zu merken. Bei der ersten Mikrofonprobe wurden mir die Knie weich. Was ich hörte, war mir fremd, meine Stimme gehörte nicht zu mir, ich hatte sie an Laura vergeben.

Während der Aufnahme machten wir dann beinahe alles richtig. Rapmund hatte das Studio verlassen, saß in seinem Glaskasten und hörte unsere Stimmen über seinen Kopfhörer. Die Gläser rückte ich hin und her. Jim mußte eines zerbrechen, so stand es im Buch. Ich sollte darüber erschrecken, und ich erschrak. Rapmund unterbrach unser Spiel nur zweimal, um Tom zurechtzuweisen, er überschlug sich öfter in seinen Monologen. Auch Jim nahm einige Dämpfer hin, wiederholte seine Passagen, bis Rapmund zufrieden war. Stunden saßen wir im Studio, unseren Text vor der Nase, die Gläser in Reichweite. Ich schwitzte Blut und Wasser, klammerte mich an den Tisch, um die Balance und den Text nicht zu verlieren. Amanda war die Beste, sie fiel nie aus ihrer Rolle, als sei sie immer Amanda gewesen.

Gegen Ende der Aufnahme hatte ich bestimmt ein Kilo verloren, ich fühlte mich schwach wie die Heldin und gläsern, als hätte sie mir ihre Seele ins Herz gesenkt. Rapmund nahm mich in den Arm und sagte: Deine Laura kann sich hören lassen, Rose, gut gemacht, Kind.

Amanda umarmte mich ebenfalls, alle umarmten mich, als sei mir mit dieser Rolle Kindheit und Jugend geraubt worden, und ich müßte mich jetzt selbst nach einem Heiratskandidaten umsehen. Natürlich waren die Umarmungen so nicht gemeint, man umarmte sich aus Kollegialität, und weil man so lange an einem Tisch gesessen hatte mit einem Buch, das uns alle anging, das uns für die Zeit vor dem Mikrofon zusammenschweißte, im wahrsten Sinne Schweiß kostete.

Später verpaßte ich den Termin der Ursendung, hörte mich also nicht selbst im Radio. Rapmund hörte seine Sendungen nie. Er erinnerte mich auch nicht daran, das Hörspiel anzuhören. Vielleicht wollte ich gar nicht erinnert werden, fürchtete mich vor dem Wiederhören. Sah auch nie wieder das Buch an mit den vielen Strichen und Notizen. Aber nie vergaß ich den Mann, der die Gläser auf dem Tisch hin und her schob, Rapmund, der Hörbilder machen konnte. Mein Vater.

Toni Siebert kreuzte damals meine Umlaufbahn, auf der ich mich allein wähnte, im Grunde unsichtbar für meine Mitmenschen. Freunde und Freundinnen gehörten nicht zwingend zu meinen täglichen Lebensübungen.

Es fügte sich nicht für mich, von Freundinnen umgeben zu sein, mit denen ich ins Kino ging oder nachmittags durch die Kaufhäuser streunte. Sie fehlten mir nicht, ich vermißte kein zweites, drittes Wesen, das unentwegt mit mir herumsaß und mich von meinen Romanen ablenkte. Meine Freundinnen und Freunde waren von jeher meine Romane aus Schievelbeins Wartezimmer oder aus der Leihbibliothek.

Toni Siebert zählte darum kaum, als er mir an einem milden Herbsttag nachstieg, um mich in ein Gespräch zu verwickeln. Vom Sehen kannte ich ihn natürlich, ich hatte ja Augen im Kopf, wußte, wer er war, sah ihn beim Sport und überall da, wo man sich sehen mußte. Vor den Klassenzimmern, in den Aufgängen, in der Aula und selbstverständlich in den Hofpausen. Aber ich wünschte mir nicht unbedingt seine nähere Bekanntschaft zu machen, was ihn nicht davon abhielt mich anzusprechen.

Auf der Heerstraße, mitten im Verkehr. Er zupfte an meinem Ärmel, zwang mich stehen zu bleiben.

Hör mal, Rose Rapmund, ich habe dich im Radio gehört mit deiner Piepsstimme, du gläserne Giraffe.

Und schon erzählte er mir *Die Glasmenagerie* ohne Punkt und Komma.

Hinterher war ich richtig niedergeschmettert, sagte er. So etwas kannst du ins Radio sprechen, dabei bist du doch gar nicht so dünn und zart.

Die Rolle steht im Buch, sagte ich. Ich habe sie ins Mikrofon gesprochen, wie sie da steht.

Und ich habe dir zugehört die ganze Zeit.

Toni nahm meinen Arm, zwang mich ihn anzusehen. Seine veilchenblauen Augen sah ich zum ersten Mal. Sie sparten nicht mit Blitzen und indiskreten Wimpernschlägen. Ich wollte mich davon nicht beeindrucken lassen und wich seinen Augen aus. Wäre er wenigstens schön gewesen mit seiner hochfahrenden Stirn, dem schwarzen Kraushaar und der scharfen Nase im Gesicht. Lissy hätte gesagt, er habe dreimal hier geschrien bei der Verteilung der Nasen. Untersetzt, die Schultern schmal, ein wenig schief, stand er vor mir. Leichtfüßig allerdings, sportlich, trotz seiner windschiefen Statur. Ein As im Weitsprung und meistens auf der Ehrentribüne bei den Sportfesten, vom Bundespräsidenten ausgezeichnet. Damals stand er im Abitur, 3 Jahre älter als ich, 3 mal klüger und jede Menge Ehrenurkunden in der Tasche. Er sei in mich verliebt, sagte er atemlos, jedes Wort mit Betonung. Seit Wochen überlege er, wie er es mir sagen solle, weil doch Liebe und verliebt sein so kitschig klinge. Er lachte, lachte mich an, lachte offen, zeigte seine Zähne, einer gesünder als der andere, sein Lachen war ansteckend, ich lachte mit.

Er brachte mich bis vor die Haustür und sagte: Ich lege mich jetzt in den Eingang und warte, daß du wieder herauskommst.

Ehe ich antworten konnte, das sei hündisch, umarmte er mich. Ich klemmte mir die Mappe vor die Brust. Du bist mir zu schnell, Siebert, sagte ich.

Anders geht es nicht, rief er aus. Ich habe doch nur jetzt Mut. In 10 Jahren bin ich vielleicht schon Doktor, an meiner Seite eine ungeliebte Frau, das kannst du doch nicht zulassen, Rose Rapmund.

Und so verabredeten wir uns fürs Kino, für sein Kino am Kaiserdamm, Ecke Meerscheidstraße, das Splendid. Er war der Sohn des Lichtspielhausbesitzers, der einzige. Eines Tages würde er das Kino übernehmen müssen, ein Kino für ein ganzes Leben, das sei nicht abendfüllend, bemerkte er. Und du müßtest die Karten verkaufen an der Kasse, was für eine Verschwendung des Geistes. Mein Vater läßt mich Abitur machen, damit ich sein Kino führe, dabei steht mir der Himmel offen, die Meteorologie, die Botanik. Was soll ich im Flimmerkasten, Loge 3, jeden Abend? Ich bin kein Geschäftsmann, Rose, kein Kartenabreißer oder Filmvorführer. Leider muß ich mich schnell entscheiden, Rose, jetzt oder nie.

Vorläufig Loge 3, die Familienloge. Frau Siebert saß an der Kasse, dick und gemütlich, Herr Siebert hockte beim Filmvorführer hinten, war fast nie zu sehen während der Vorstellung. Wir konnten tun und lassen, was wir wollten, wenn das Licht im Saal ausging. Die Bilder streiften uns, der Ton schluckte sämtliche andere Geräusche. Wir flüsterten in unseren Sesseln, hielten uns an den Händen. Im Dunkeln versprach mir Toni seinen Himmel auf Erden. Der Himmel auf der Leinwand war schon ein Stück davon. Er flüsterte mir seine Geständnisse. Du sollst wissen, Rose, daß ich nicht mehr lange zu leben habe. Wenn ich das Abi schaffe, kannst du dich glücklich schätzen, sagte er. Ein Liebhaber mit Abitur ist allemal mehr wert als ein Filmvorführer.

Ich glaubte ihm kein Wort.

Gleich am ersten Nachmittag wollte er mich in der Familienloge küssen. Ich sagte nein.

Du hast dich in die Höhle des Löwen begeben, sagte er. Tatsächlich liefen Löwen über die Leinwand. Toni kannte den Film und machte seine Sprüche. Beim ersten Rendezvous blieb ich genau eine halbe Stunde in Loge 3, um nicht geküßt zu werden. Beim zweiten Treffen war es mir auch noch zu früh, und ich ging, ehe der Hauptfilm anfing. Toni folgte mir mit eingezogenem Kopf und sah aus wie der Glöckner von Notre

Dame. Seine Art beunruhigte mich. Er wollte alles auf einmal im Kino und auf der Straße. Er hechelte mir vor, was ich an ihm hätte, einen großen Liebenden mit einem großen Geist, in dem alles steckte, was die Welt je gedacht hatte. Die Welt seines Geistes erschien mir auf der Straße zu groß, zu weit weg und auch wieder zu klein in dem gedrungenen Toni Siebert. Ich floh und ließ ihn stehen.

In der Hofpause spielte er den Einzelgänger und drehte mir gekonnt den Rücken zu. Nach dem Unterricht fing er mich ab, täglich, um mir seine Liebe zu erklären. Mir fehlte es an Willenskraft, ihn nicht anzuhören. Dann merkte ich, daß ich öfter an ihn dachte, sogar nachts, das Radio am Ohr, Rapmunds Stimme, die Ode an die Freude, rezitierend, als sei dies eine Nachricht für mich. Leise wisperte ich meinem Vater, warum ich nicht schlafen könne, und ich wisperte noch mehr, meine Suada wurde länger und länger, die Ode war längst verebbt. Rapmund saß mit seinen Eichhörnchenaugen am Fußende meines Bettes und ließ mich reden. Und sagte er nicht, ich solle mich trauen, denn gegen die Liebe könne man sich nicht wappnen, die Liebe sei so wichtig und richtig wie die Luft zum Atmen?

Es hätte nicht viel gefehlt, und Toni wäre vor mir auf die Knie gesunken. Er weinte, wenn ich ihn länger als 10 Sekunden ansah. Auch mir war manchmal zum Heulen vor Anstrengung, seine Pfoten an meinem Hals. Vielleicht hing sein Benehmen mit den Filmen zusammen, die er ansah. Vielleicht studierte er die Gesten der Schauspieler, um sie an mir auszuprobieren. Sein Blick verriet mir etwas anderes, nicht einstudiertes, ich kam nicht dahinter, was es war. Dennoch ließ ich mich von ihm küssen in Loge 3, und es war mir ganz und gar nicht unangenehm. Vorsichtig aber drängend drückte er seine Lippen auf meine, er roch nach Gewürznelken, und sein wolliges Haar kitzelte mich überall im Gesicht. Diese Küsse mit allen Zutaten konnte ich nur erwidern, hing dann mit geschlossenen Augen im Kinosessel und wußte später nicht mehr, wie der Film hieß und was er erzählte. Nur die Ohrwürmer blieben hängen. Nach dem Kino summten und pfiffen wir die Melodien, ohne eine einzige Szene vor Augen zu haben.

Mit Lissy ging es derweil bergauf. Sie brachte das Kunststück fertig, eine Dame der Wohlfahrt zu werden. Ihr Büro nannte sich Empfang, was vornehmer klang als Anmeldung. Die Bedürftigen mußten sich im Empfang melden, einem Zimmer, das vor Armseligkeit strotzte. Der einfache Schreibtisch stand in der Mitte auf verlorenem Posten, 2 wacklige Stühle lehnten an der Wand, und durch das schmale Fenster blinzelte trübes Licht, wäre da nicht die hellere Lampe gewesen, die die Formulare auf dem Tisch beleuchtete und die Dame dieses Zimmers auf ihrem Holzsessel.

Lissy war nicht wiederzuerkennen in dieser Umgebung. Ihr Gesicht spiegelte die Einrichtung wieder. Sie hatte sich eine Haltung zugelegt, die unserer Madonna in Heilig Geist alle Ehre machte. Sie verkörperte den Verband, insbesondere ihre Stimme aus tiefer Kehle, dunkel und weich, vollendete das Bild.

Herr Hans Meister, Vorsitzender und Leiter des Hauses mit 35 Angestellten, mußte ihr Talent erkannt und sie zur Empfangsdame befördert haben. Ihr Büro befand sich im ersten Stock eines kriegsbeschädigten Gebäudes am Kleistpark, an der Tür ihr Namensschild, Frau Rapmund. Ihre Aufgabe war es, den Ärmsten der Armen den Weg durchs Haus zu weisen, ihre Namen in ein schwarzes Buch einzutragen, ihre Anliegen anzuhören und ihnen einen Laufzettel auszustellen.

In diesem Büro sah ich sie erstmals mit einer Brille auf der Nase. Sie war natürlich noch immer 36 und wurde auch nicht älter, wenn sie durch ihre Gläser, den Stift in der Hand, den Leuten freundlich kühl ins Gesicht blickte. Einziger Blickfang in diesem Büro war ein Blumenstrauß auf der Fensterbank, rosarote Nelken in einer passenden Vase. Die Nelken gaben dem Raum etwas Anzügliches, sie gehörten nicht dahin, und doch war man froh, sie anschauen zu können, als habe sich jemand einen Scherz erlaubt und Lissy zu einem ihrer Geburtstage gratuliert. Die Angestellten wahrscheinlich, die nicht wußten, daß Lissy nie Geburtstag hatte.

Auch zu Haus legte Lissy die Madonnenhaltung nicht ab. Sie schlüpfte zwar nach dem Dienst, immer pünktlich um halb 6 am Abend, aus ihrem Kostüm in ein bequemes Hauskleid, gab sich aber kaum noch ihren Stimmungen und Launen hin. Mit gleichbleibender Freundlichkeit saß sie am Küchentisch, plauderte, ging Großmutter zur Hand, spielte sogar unaufgefordert Klavier oder verschwand stundenlang im Badezimmer, wo man sie singen hören konnte. Ich würde mich an die neue Lissy schon gewöhnen, solange sie mir nicht auf die Füße trat mit ihrer scheinbar selbstlosen Liebenswürdigkeit.

Sie hat endlich das richtige gefunden, sagte Großvater. Großmutter blieb skeptisch und hüstelte, als sei ihr diese Lissy der Armen nicht geheuer.

Ihre anhaltende Ausgeglichenheit war vielleicht eine aufkeimende Berufskrankheit. Mitten im tiefsten November schickte sich Lissy an eine Heilige zu werden. Das konnte nicht mit rechten Dingen zugehen, und ich sehnte mich danach, sie mit den Türen schlagen zu hören, unleidlich bis ins Mark, eingesperrt ins Klavierzimmer, kühl, verschwiegen, so, wie ich sie kannte.

Mitten im tiefsten November kam dann ans Licht, wer unserer Madonna so heimleuchtete. Lissys Arbeitgeber. Er kam unerwartet, Lissy brachte ihn mit nach dem Dienst. Die Großeltern machten gute Figur, als der Herr in der Diele stand, Lissy aus dem Mantel half und sich dann selbst in Form brachte. Die beiden Alten hielten sicher den Atem an, so, wie sie da standen, vor Höflichkeit steif. Lissy sagte den Satz: Herr Meister hat mich nach Haus gefahren, und ich habe ihn gebeten, auf einen Sprung mit herein zu kommen. Es sollte unbekümmert klingen, doch klang es ziemlich aufgesetzt, und die Großeltern ließen sich zum Schein darauf ein und baten den Herrn näher zu treten. Auf Floskeln verstanden sie sich alle vier, und so marschierten sie ins Klavierzimmer, setzten das Höflichkeitsgetue fort, bis Großvater einen Likör spendierte und sich eine Zigarre anzündete. Der Herr ging nach einer halben Stunde wieder, und in der Küche hieß es dann, er sei ein Gentleman, feinnervig, zurückhaltend, alles Worte, die Lissy in den Mund nahm. Das einzig Verräterische an ihrer Schwärmerei: die rosigen Wangen und das sichtbare Pochen in ihren Schläfen. Ihr Herz schien in Bewegung geraten, ihre kurzsichtigen Augen schwammen den Blicken der skeptischen Großmutter davon.

Die machte sich so ihre Gedanken und wußte einiges über den Herrn, entweder weil er es selbst gesagt hatte oder ihre Quelle eine verläßliche war, jedenfalls war sie nicht so begeistert, denn sie tuschelte mir zu, der Herr der Armen sei verheiratet mit einer Frau im Rollstuhl, und Lissy müsse sich in acht nehmen.

Lissys Verwandlung entzückte selbst die Kusinen aus Lichterfelde. Wie fröhliche Hühner gackerten sie an einem der Adventssonntage durch die Wohnung, außer sich vor Freude. Unsere Lissy, endlich wieder die alte Lissy, sagten sie. Sieht sie nicht gleich um Jahre jünger aus, wenn sie lacht.

Lissy hätte beleidigt sein müssen wegen des zweiten Halbsatzes, sie nahm ihn aber ganz gelassen, ohne eine Miene zu verziehen. Alles schien mit einem Mal rosig und ins rechte Licht getaucht. Advent, Advent, die Zukunft brennt.

Herr Hans Meister wurde zum Essen eingeladen. Großmutter stand in der Küche, bereitete aufwendige Menüs zu, was sie seit Jahren nicht mehr getan hatte. Felicitas erschien zu einem Festtagsessen, Felicitas und Lissy, das ungleiche Gespann, zeigten sich von ihrer schönsten Seite. Felicitas, apart, elegant und beredt, erzählte von ihren Reisen; Lissy, die Rothaarige einer kühlen Rasse, entdeckte so etwas wie ihr Herz und trug es wie ein Banner vor sich her.

Herr Hans Meister, im blauen Zweireiher und Silberkrawatte, küßte beiden Damen die Hand und Lissy hinters Ohr. Dieses Festtagsessen läutete nicht nur eines der unzähligen Weihnachten ein, es geschahen von diesem Tag an auch Zeichen und Wunder in der Badenallee, Großmutters Skepsis zum Trotz. Sie war diejenige, die Herrn Meister ihre Hand entzog, als er sie küssen wollte.

Belinda Schevening, die ich nicht vergessen konnte in den Tagen damals, zwischen jenen Wintern und einem wieder mal ersehnten Frühjahr.

Mein Ende kommt schon seit Jahren mit Verspätung, sagte sie heiter, als dulde dieser Satz keinen Widerspruch.

Verspätungen sind jetzt an der Tagesordnung, sagte Thea, Belindas Haushälterin, und stellte den Tee geräuschvoll aufs Tischchen, neben Belindas hohen Stuhl, auf dem sie thronte, vollendet frisiert und in weiche Wolle gehüllt. Thea, die Verhuschte, wischte an mir vorbei aus dem Salon.

Da sind Sie ja, Rose, gerade rechtzeitig zum Tee, sagte Belinda.

Alles kommt mit Verspätung, begrüßte ich sie. Das Frühjahr, die Straßenbahn, die U-Bahn, der Bus, nur weil die S-Bahn nicht mehr fährt. Die S-Bahn steht still, sagte ich. Der Osten läßt sie nicht mehr durch den Westen fahren. Was mache ich ohne die S-Bahn, Belinda? Ich fahre doch so gerne bis zur Endstation Königs Wusterhausen. Soll ich Ihnen nächstens ein Taxi bestellen für Ihre Rundreisen, Kindchen?

Belinda lachte. Verspätungen können auch ein Trost sein, außerdem geht die Welt nicht unter, wenn die S-Bahn nicht mehr fährt. Und Sie sind doch da, Rose, Verspätung hin, Verspätung her, das tröstet mich. Ihr Vater ist genauso schlecht dran, er wird sich verspäten, wie das Frühjahr. Trinken wir solange Tee.

Wir saßen nebeneinander, die Tassen in der Hand, ich konnte in den Garten schauen, die Buche im Wind, Belinda konnte nichts sehen, mit der Tasse zwischen ihren Händen, vom Licht ausgesperrt. Sie hörte vielleicht den Wind in den Ästen, spürte ihn. Wenigstens hören und fühlen konnte sie.

Als Ihr Vater hier zum ersten Mal stand, sagte er, ich möchte die Buche mieten, möchte in der Krone wohnen. Wir haben herzlich gelacht, Thea und ich, sagte Belinda. Thea ist gleich auf ihn geflogen, und das will etwas heißen, Rose.

Was es heißen sollte, sagte sie nicht. Frauen fliegen angeblich auf ihn, sagte ich.

Mag sein, sagte Belinda und stellte die leere Teetasse ab. Hier im Haus merkt man nichts davon. Ihr Vater kommt, leistet mir Gesellschaft, erzählt mir etwas, liest mir vor, wir trinken ein Glas Burgunder oder 2, wie alte Kameraden. Frauen kommen da nicht vor. Vielleicht sind wir auch schon beide alt, ich für meinen Teil bin uralt und nicht mehr redselig, Kindchen. Und unsere Vergangenheit rühren wir beide nicht an. Sie ist ja nicht mehr zu beleben, sie ist weg, ausgestanden, vorbei, leere Plätze, die niemand mehr sehen kann. Ihr Vater ist ein sehr diskreter Mann und von nobler Gesinnung, darum halten wir es auch miteinander aus.

Wir warteten vergebens auf Rapmund an diesem Nachmittag. Gegen abend kam dann ein Anruf, er sei zusammengebrochen auf der Straße, vor dem Funkhaus, der Pförtner habe es gesehen und sei ihm zu Hilfe geeilt, habe einen Krankenwagen gerufen. Er wurde ins St. Hildegard gebracht, wenige Meter vom Funkhaus entfernt. Belinda sagte mit fester Stimme: Ich schicke die Tochter, sie kommt. Sie saß mit unbeweglicher Miene, hielt den Hörer wie einen Knüppel. Zum ersten Mal wagte ich es in ihre blinden Augen zu schauen. Über der Iris lag bläuliches Milchglas. Belinda mußte gemerkt haben, daß ich sie so anblickte, denn sie bedeckte die Augen, und als sie die Hand wieder wegnahm, waren die Lider geschlossen.

Ich rufe Ihnen ein Taxi, Rose. Ein Knopfdruck, und es ist gleich da.

Ich erinnere mich, daß sie mir Geld gab, ich hätte das Taxi sonst nicht bezahlen können. Nachdem sie es gerufen hatte, nahm sie meine Hand in ihre beiden Hände, strich über meine Gelenke, über die Finger. Werden Sie mich vom Krankenhaus anrufen, ich warte.

Ich sagte, ja.

Damals fuhr ich zum ersten Mal mit einem Taxi durch die spätwinterlichen Straßen von Zehlendorf nach Charlottenburg. Es lag Nebel, der mir wie Blei erschien. Wir mußten uns durch zähes Grau kämpfen. Ich wollte nicht denken, was ich dachte, verfolgte einige flüchtige Figuren auf dem Fahrdamm, dann zählte ich sogar die nackten Pappeln auf der Masurenallee.

Rapmund lag auf der Unfallstation. Eine Nonne führte mich zu ihm. Wir beobachten ihn, sagte sie. Ich kann Sie beruhigen, es war kein Schlaganfall. Es ist Schwäche, sein Kreislauf hat versagt. Ihr Vater hatte nichts im Magen, er scheint wenig zu essen. Sein Gesamtzustand ist schwach. Ein Kaffeetrinker und ein Raucher, fügte sie lächelnd hinzu. Er spricht nicht. Alle Reaktionen sonst sind normal, das Herz stabil.

Ich trat an sein Bett, er sah mich an mit großen, lächelnden Augen. Er legte den Zeigefinger auf seinen Mund. Auch mit mir wollte er nicht sprechen. Die Nonne blieb im Hintergrund, ihre weiße Ordenstracht leuchtete im abgedunkelten Raum.

Ich nahm seine Hand, drückte sie fest, er erwiderte den Händedruck.

Du mußt heute nacht hier bleiben, sagte ich.

Er rührte sich nicht, blickte mich nur an. Sein Lächeln wanderte von den Augen in die Mundwinkel. Dann sagte ich, daß ich Belinda anrufen wolle, weil sie auf meinen Anruf warte. Das Lächeln verschwand aus seinem Gesicht. Er drückte mir wieder die Hand, kühl und fest. Ich wagte nicht, seine Stirn zu berühren. Neben seinem Bett auf dem Nachttisch stand ein Glas Wasser.

Am Morgen darauf hatte er das Krankenhaus verlassen auf eigenen Wunsch. Er sei nach Hause gefahren, sagte eine junge Nonne. Ohne Frühstück. Er war schneller weg, als wir hingucken konnten, lachte sie.

Ich rief in der Hüningerstraße an, Belinda am Apparat. Er ist hier, sagte sie und schläft. Thea hat ihm Rührei mit Speck gebraten, er hat alles gegessen, sagte sie traurig. Lassen wir ihn schlafen.

Nach dem Unterricht rief ich wieder an. Er schlief immer noch. Thea hat ein paar Mal nach ihm gesehen. Wir müssen ihn schlafen lassen, sagte Belinda.

Am Abend keine anderen Auskünfte. Er schlief wieder. Zwischendurch habe er Brühe zu sich genommen und Toast. Er spricht noch immer nicht und will sich nicht bemuttern lassen. Belinda klang beunruhigt. Einen Arzt will er nicht sehen, sagte sie.

Und das Siebertgefühl? Es hatte sich tief in mein Hirn eingenistet, herrschte von da ausgehend bis in den kleinsten Finger und in den kleinen Zeh. Rapmund konnte ich es nicht sagen, weil er mich nicht sehen wollte, stumm wie ein Fisch.

Wie Lauras Bruder lief ich jeden Spätnachmittag ins Splendid, Loge 3. Toni erwartete mich mit dem breiten Grinsen des Pistolenhelden auf der Leinwand, obwohl er kaum einen Blick für ihn übrig hatte. Küsse und Geständnisse verschmolzen mit dem Halbdunkel im Kinosaal.

Wir wurden nicht müde, uns ewige Liebe zu schwören. Jeden Nachmittag offerierte mir Siebert seine neueste Perspektive. Er hatte es mit der Meteorologie, darum wehte in der Familienloge täglich ein anderer Wind. Er liebte die Nebelbläschen und die Nebelkristalle, im Frühjahr, im Sommer und dann im Herbst, wenn man sie sehen konnte. Niederschlag, was für ein Wort in seinem Mund, aufgelöst in Formen des Wasserdampfes in der Atmosphäre. Sieberts blaue Augen waren im Kino nur glitzernde Punkte, die mich fixierten und festhielten in der unmöglichsten Stellung, zwischen die Sessel geklemmt, damit uns niemand erwischen konnte.

Nach dem Kino brachte er mich jedes Mal nach Haus und wollte sich wieder in den Eingang legen bis zum nächsten Morgen. Er ertrug es nicht, mich allein in meine Kammer gehen zu lassen, allein mit meinem Bett, allein mit meinem Radio. Auf das Radio war er speziell eifersüchtig, als sei das Radio etwas anderes als sein Kino.

Wir schwammen in ziemlichen Wogen und auf Passatwinden, die er herbeiholte, wie man einen Hund auf der Straße ruft. Er machte uns jedes Mal gutes Wetter. Auch auf dem Wasser.

Im Segelboot des Lichtspielhausbesitzers torkelten wir auf dem Wannsee herum. Er hißte die Segel wie ein Könner und verstand doch nichts vom Segeln. Glücklicherweise gerieten wir immer nur in Flauten, nie in Seenot und schlingerten meistens auf eine stille Bucht zu, von Schilf umgeben und vor dem Bootsverkehr sicher. Wir lagen an Deck unter makellosem Nachthimmel, er streckte den Zeigefinger in die Luft und sagte: Da ist der verlöschende Stern meines Bruders Alwin, siehst du diesen Milchbrei zwischen dem großen und dem kleinen Wagen, Rose? Das ist Alwin, und ich werde ihm bald Gesellschaft leisten müssen. Er ist mit 21 gestorben, keiner hats gemerkt. Er lag morgens tot im Bett wie Pauspapier. Warum soll es mir anders ergehen? Wir sind von der gleichen Machart. Er quälte sich mit seiner kaputten Lunge 2 Jährchen zwischen Havelhöhe und Kaiserdamm, mir hängt auch so ein löchriger Fetzen in der Brust. Seit er tot ist, rechnet meine Mutter nur noch, sie rechnet in Monaten, Tagen, Stunden, Minuten. Der Alte röchelt schon sein halbes Leben lang, darum war er auch nicht an der Front. Wir haben den Abklatsch geerbt, nur schlimmer. Verstehst du meine Lage, Rose? Ich mache demnächst mein Abi, stürze mich ins Studium, und wenn ich die Bücher fürs erste gefressen habe, kannst du mir Schneeglöckchen ans Grab bringen.

Soll ich dir nicht besser den Gnadenschuß geben mit einer Leuchtrakete, damit du Alwin erreichst, du Spinner?

Von dir erschossen zu werden, wär mein Schönstes, Rose Rapmund.

Ich könnte dich auch ersäufen, sofort, unter Alwins Stern, sagte ich, dann hätte ich nur Ärger mit dem Boot, das ich nicht allein an seinen Liegeplatz bringen kann.

Die Idee ist nicht schlecht, sagte Toni. Mutter denkt auch manchmal ans Ertrinken. Warten wir damit bis nach dem Abi, meine Todesmutige.

Wir lagen uns in den Armen, das Schiff erzitterte, an den Planken schluchzte das Wasser. Wir lachten. Wir lachten uns über Bord. Konnten, wollten uns nicht trennen. Tag und Nacht wünschten wir uns zusammen, er glaubte, ich könne seine Lungen stopfen mit Küssen und Gnadengesuchen, an wen eigentlich?

Wenn ich ihn nicht sah, wenn er im Pausenhof fehlte, schnappte ich nach Luft, ahnte ich, wußte ich, daß sie ihm zu knapp wurde, daß er in seinem Bett lag und Löcher in die Luft starrte. Dann rannte ich nachmittags ins Kino, seine Mutter lächelte, gab mir eine Karte für unsere Loge und sagte: Er muß sich ausruhen, er darf kein Sport mehr machen. Sport ist schädlich für ihn.

Ich heulte in meinem Kinosessel und ging nach der Wochenschau durch den Notausgang. Seine Mutter wollte mich nicht zu ihm lassen, weil er es nicht wollte. Er machte sich in seinem weißen Bett Bilder von mir, und ich machte mir Bilder von ihm. Getrennt suchten wir den Himmel ab, Alwins Stern hatte seine Position verändert, ich fand ihn nicht mehr.

Mit Rapmund ging es ebenfalls bergab. Täglich rief ich bei Belinda an, und täglich mußte ich mir anhören: Er spricht nicht, er will niemanden sehen, auch dich nicht, Rose.

Noch immer verweigerte er sich ärztlicher Hilfe. Endlich kam mir der richtige Einfall. Nach einem meiner Kinobesuche, nach der Wochenschau, lief ich zu unserem Doktor in die Praxis, 5 Minuten, und ich war da. Im Wartezimmer, wie immer, jede Menge Patienten. Ich trat zu den medizinischen Fachbüchern, suchte einerseits nach Lungenkrankheiten, andererseits nach einem Stichwort für Rapmunds Verstummen. Wahllos schlug ich die schweren Bücher auf, las in entlegenen Gebieten, verirrte mich in die sogenannte Taucherkrankheit und blieb an Lungenschnitten hängen, die mich das Fürchten lehrten.

Der Doktor und Rapmund kannten sich nur flüchtig. Mein Vater gab sich als erklärter Feind des weißen Kittels. Schievelbein verzichtete bei Hausbesuchen auf den Zauberkittel. Ich berichtete ihm dann von Rapmunds Zusammenbruch, der Nacht im Krankenhaus, seinem Verstummen. Schievelbein hörte sich das alles an, gab keine Prognose ab. Da ich die Letzte im Wartezimmer gewesen war, erklärte er sich bereit, Rapmund einen Besuch zu machen. Ich rief von der Praxis Belinda an. Schievelbein sagte Klara Bescheid, die hinter uns die Tür abschloß. Wir fuhren nach Zehlendorf in dem schwarzen Wagen, Schievelbeins Dienstauto, eine russische Marke namens Tatra. Es freute mich nicht, unter diesen Umständen in einem Russenauto durch den Abend zu fahren.

Belinda empfing uns und hielt die Hand des Doktors lange in ihrer Hand, als wolle sie prüfen, wer er sei. Seine ruhige Art und seine Hand schienen für ihn zu sprechen. Sie bat mich, ihn nach oben zu begleiten. Schievelbein sagte nur: Ich kann nichts versprechen.

Rapmund lag nicht im Bett. Er saß halb angezogen in seinem altersschwachen Sessel, den Kopf im Nacken und starrte an die Decke, als wir eintraten. Ich sagte: Doktor Schievelbein möchte dich sehen. Er wehrte ab. Da trat ich entschieden auf ihn zu und bekam offenbar den bösen Blick, vielleicht auch den Tieflandblick, den er mir angehext hatte. Er drückte meine Hand, seine Kühle, seine Magerkeit erschreckten mich. Wir blickten uns lange an, dann wies er mit der Hand zur Tür. Ich sollte gehen. Der Doktor durfte bleiben.

Im Salon stand ich neben Belinda an der Tür zum Garten. Es war schon dunkel, und man konnte die Buche nicht sehen. Wir wußten beide nichts zu sagen.

Als der Doktor herunterkam, drehten wir uns wie auf Kommando um. Schievelbein sagte: Rapmund muß sich genauer untersuchen lassen, am besten in einer Klinik. Sein Allgemeinzustand ist nicht der beste, sagte er. Sehr niedriger Blutdruck, Mangelerscheinungen auf den ersten Blick. Er ist nicht erkaltet, Bronchien und Lungen scheinen nicht belastet zu sein, die Atemwege sind frei. Er behauptet, keine Schluckbeschwerden zu haben. Er trinkt zu wenig und ißt noch weniger, er ist unterernährt. Das alles kann eine Rolle spielen. Warme Milch mit Honig, ein altes Hausmittel, schmiert die Stimmbänder. 3 große Gläser täglich. Dann leichte Kost, Gemüse, Kartoffeln, ein wenig Fleisch oder Brühe.

Belinda nahm Platz in ihrem Stuhl und sagte: Er trinkt keine Milch, er verabscheut Honig, er nippt am Kaffee, er nimmt kaum eine warme Mahlzeit zu sich. Meine Haushälterin Thea gibt sich alle Mühe. Wir können ihn doch nicht zwingen.

Schievelbein lächelte, sagte: Reisende kann man nicht aufhalten. Im Augenblick kann ich nichts für ihn tun.

Ich wollte nach oben, wollte mit ihm reden, ihn bitten, der Doktor hielt mich zurück. Er will nicht, daß du ihn in diesem

Zustand siehst, sagte er. Ich habe ihn wieder ins Bett geschickt, er möchte so nicht gesehen werden von seiner Tochter. Dein Vater ist ein Hungerkünstler, Rose, fast schon ein Artist.

Belinda wollte den Doktor bezahlen, Schievelbein sagte, nein. Solange er sich keiner gründlichen Untersuchung und Behandlung unterzieht, war das eben ein Anstandsbesuch bei einem früheren Bekannten. Er lächelte, obwohl er wußte, daß Belinda es nicht sehen konnte. Ich rufe Sie an und erkundige mich nach dem Patienten, sagte er.

Belinda verabschiedete uns. Ihre Hand strich über mein Haar und über meine Stirn. Fast hätte ich sie umarmt, ich wagte es aber nicht. Sie stand in der Haustür, das Licht der Diele umrahmte sie und warf ihren schlanken Schatten auf die Treppe.

Er hat mir auf einen Zettel geschrieben, daß ihn seine Stimme im Stich gelassen hat, während einer Studioaufnahme, sagte der Doktor auf der Rückfahrt. Die Stimme war plötzlich weg, kam nicht wieder.

Rapmund ohne Stimme, wie soll das gehen, sagte ich.

Schievelbein fuhr mich nach Haus. Vielleicht leidet dein Vater an einer vorübergehenden Aphasie, sagte er. Schauspieler leiden darunter, vor allem Sänger, kurz vor ihrem Auftritt. Diese Aphasie kann mit seinem Allgemeinzustand zusammenhängen, er ist nicht mehr der Jüngste. Er müßte zu Kräften kommen. Frau Schevening fühlt sich für ihn verantwortlich, fügte er hinzu.

Vater und sie sind befreundet, sagte ich. Er wohnt seit 10 Jahren bei ihr.

Der Doktor sah mich an. Mein Schreibtisch im Sprechzimmer stammt aus dem Möbelhaus Schevening, sagte er. Mein Vater hat ihn vor einem halben Jahrhundert angeschafft.

In den Wochen danach schrieben wir uns. Rapmund kurze Briefe, ich Postkarten. Er schrieb, ich solle nicht kommen, weil er nicht reden könne. Ich schrieb ihm, daß ich noch einen Kranken liebte, der mich auch nicht sehen wolle. Krankheit sei doch keine Schande. Ich könne ihm vorlesen und von Toni Siebert erzählen. Er schrieb zurück, schreib mir von deinem Toni, Briefe müssen genügen.

Dann wohnte Betty Hansmann nicht mehr am Hohenzollerndamm. Ich fragte den Hauswart, wohin Betty gezogen war. Er gab mir ihre neue Adresse. Warum hatte sie diese schöne Wohnung so plötzlich aufgegeben. Ich stand etwas ratlos auf der Straße und suchte den nächsten Bus. Sie sollte doch wissen, wie es um Rapmund stand. Ich fuhr dann nach Nikolassee, fand die Straße und die alte Villa, sah den verwilderten Garten, entdeckte einen ihrer Stühle unter dem Holunder.

Sie kicherte, als sie mich in der Tür stehen sah. Rosannakind, wer hätte das gedacht, die Zeit drängt, nicht wahr?

Es kommt viel zusammen, sagte ich. Warum bist du umgezogen?

Ich brauchte Tapetenwechsel, sagte sie heiter. In der alten Wohnung hausten inzwischen zu viele Gespenster. Außerdem hat mich meine Putzfrau im Stich gelassen, und mit so einer großen Wohnung komme ich alleine nicht mehr zurecht. Dann der Benz. Ich mußte mich von dem Benz trennen, er war schon alt und konnte nicht mehr. Ich habe mich von allem getrennt, sagte sie und lachte. Habe die meisten Möbel verkauft, Annemaries Filmkleider in die Obhut eines Theaters gegeben, und ich habe meine Katze verloren. Schnee konnte den Auszug nicht ertragen, sie ist gleich am ersten Tag hier im Garten verschwunden. Die Freiheit war ihr neu, sie hat sofort die Flucht ergriffen, auch sie ist umgezogen, ihre neue Adresse kenne ich nicht.

Betty zog mich in ihr neues Zuhause, in ein Puppenzimmerchen, eingerichtet wie vorher. Das Schachtischchen stand unterm Fenster, das weiche Sofa an der Wand. Über dem Sofa hing das Bild von Annemie. Auf dem Tisch vor dem Sofa hatte sie Spielkarten ausgelegt.

Meine Patience geht nicht auf, sagte sie. Seit ich hier sitze in meinem letzten Paradies, gehen die Karten nicht mehr auf.

Ich erzählte ihr von Rapmund und merkte, wie mir die Tränen über das Gesicht rannen. Sie sammelte die Karten ein, hob den Kopf, sah mich an, warf die Karten in die Ecke und sagte: Soso, der alte Seifensieder macht schlapp.

Warum alter Seifensieder, Betty?

Eine Familienredensart, Rosanna. Unsere Vorfahren auf der Fischerinsel waren Seifensieder. Die Rapmunds haben später dann einen Großhandel mit fertigen Seifen aufgezogen, weil sich die Handarbeit nicht mehr rentierte. Unten im Haus war das Lager, im ersten Stock das Kontor, im zweiten und dritten Stock wohnten wir. Das ganze Haus roch immer nach Moschus und Ambrosia. Darum alter Seifensieder. Dein Vater sollte den Großhandel übernehmen, na, ja, erster Weltkrieg, große Wirtschaftskrise, es wurde nichts daraus. Im übrigen hätte dein Vater niemals mit Seife gehandelt. Er war so wenig zum Geschäftsmann veranlagt wie ich zur Hausfrau. Wir wollten immer etwas anderes und verließen unser Elternhaus recht früh.

Soso, sagte sie, er hat seine Stimme verloren, ausgerechnet die Stimme. Hoffentlich nicht auch den Verstand, was ja in unserem Alter früher oder später passieren kann. Es wird schon wieder, Rosanna. Dein Vater ist zäh, glaub mir.

Betty bat mich, die Karten vom Boden aufzulesen. Ich werde dir einen Prinzen suchen, sagte sie, damit du auf andere Gedanken kommst. Wenn man traurig ist, muß man an was Schönes denken, und an einen Prinzen zu denken, der am Ende als Seifensieder aufkreuzt, ist nicht das schlechteste. Die Karten lügen meistens besser, als uns das Leben mitspielt. Die Karten und das Schach haben mich über alle Widrigkeiten des Lebens immer wieder hinweggetröstet.

Am Ende der 3 Patiencen war nirgends ein Prinz in Sicht. Vielleicht gab es ihn bereits, und man mußte ihn gar nicht suchen.

Betty sagte noch: Wer kümmert sich denn jetzt um deinen Vater? Die alte, blinde Lady in der Hüningerstraße?

Und ihre Haushälterin Thea.

Betty wiegte ihren Kopf. Um ihre dunklen Augen lagen tiefe Schatten. Ihr Gesicht war kleiner geworden, ein beharrliches Lächeln spielte um ihren Mund. Sie war nicht mehr die Betty Hansmann vom Hohenzollerndamm. Etwas klaffte zwischen ihr und ihr. Sie sah mich an. Du wunderst dich über mich, nicht wahr? Meine Masken habe ich alle verbrannt, schönes Kind. Ich trage Gebiß und einen Kunstbusen. Ich müßte am Stock gehen oder mich mit dem Rollstuhl bewegen. Wir machen alle einmal schlapp. Können aber nicht sterben, es sei denn, wir helfen nach. Es lohnt nicht, darüber zu weinen, Rosanna. Das Altwerden macht hart, man wird unerbittlich gegen sich selbst, Tränen helfen nicht. Seit Fritzchens Tod habe ich keine Träne mehr vergossen. Um sich selbst weint man nicht.

Ich beneide jeden Tag meine Katze, die sich die Freiheit genommen hat, meinem Alter zu entfliehen. Wenn du sie irgendwo siehst da draußen, grüße sie von mir. Sie soll nicht zurückkommen.

Betty stand vom Sofa auf. Du hast mir schlechte Nachrichten gebracht, Rosanna. Aber es ist gut zu wissen, wie es um uns bestellt ist. Ich werde deinen Vater nicht wiedersehen, aber du kannst ihn von mir grüßen, wenn du ihm schreibst. Wir waren uns nie nah, Rosanna. Schon als Kinder haben wir uns bekriegt, nicht gemocht, haben uns geschlagen, Bruder und Schwester. Sie lachte. Das tut nicht mehr weh, die alten Geschichten sind schon Staub, wenn überhaupt. Geh jetzt besser, zum Schach fehlt mir seit einiger Zeit die Konzentration. Und wenn du wiederkommst, bring ein Lächeln mit und erzähl mir von dem Prinzen, den du treffen wirst.

Sie brachte mich zur Tür und hielt sich an jedem Möbelstück fest, das sie erreichen konnte.

Keine Tränen, Rosanna, sagte sie. Der Kimono mit den Vögeln, in meinem Schrank, ist für dich. Adieu.

Briefe müssen genügen, schrieb Rapmund, also teilte ich ihm mit, daß Betty ihre große Wohnung am Roseneck aufgegeben hatte, daß sie in Nikolassee wohne, der Benz verkauft, Annemaries Filmkleider ans Theater gegeben und Betty noch immer Betty sei, was nicht stimmte. Ich schrieb ihm von Toni Siebert, der Hakennase, dem Kraushaar, den Veilchenaugen, seiner Bettlägrigkeit. Und wenn er wieder aufstehen durfte und zum Unterricht kam, blickte er durch alles und jedes hindurch. Ich schrieb, wir mogeln unsere Liebe durch den Winter, schieben seine Krankheit auf die lange Bank. Ich schrieb nichts von seinen kaputten Lungen, wollte das Wort nicht aufs Papier bringen. Stattdessen schrieb ich, er stopfe mir Schneebälle in den Mund und befehle mir zu atmen. Ich schrieb nichts von seiner Blässe und Durchsichtigkeit im Gesicht, aber viel von unseren Umarmungen, ließ aber die Küsse aus. Unsere Küsse konnte ich Rapmund nicht beschreiben, da zitterte der Kugelschreiber zu sehr.

Ich schrieb, seiner Krankheit zuliebe wolle er gleich das Abitur machen, er sei bestens vorbereitet. Er wolle es im Alleingang machen, vor allen anderen. Es sei ihm genehmigt worden, das Abitur sofort abzulegen, vor einer Kommission beim Schulrat, er müsse nicht das Ende des Schuljahres abwarten.

Ich schrieb, jeden Nachmittag gehen wir ins Kino, Loge 3, und schauen uns den Film nicht an, der gegeben wird. Die Loge ist unser Stammplatz, schrieb ich, in der Loge regnet und schneit es nicht, und wir sitzen bequem. Ich schrieb, es sei ein Vorteil, mit dem Sohn des Kinobesitzers befreundet zu sein, die Dunkelheit im Kino mache uns gleich, wir vergessen, daß es ein Draußen gibt und dieses häßliche Licht im Winter uns den Boden unter den Füßen wegzieht. Ich schrieb, Toni würde nach dem Abi Physik studieren, am liebsten wolle er es auf der Stelle. Alles gleichzeitig wolle er tun. Das Abitur, studieren und mit mir in Loge 3 sitzen. Reihenfolgen wolle er nicht einhalten. Er platzt vor Ungeduld, schrieb ich. Er sagt, er habe keine Zeit sich in Geduld zu üben. Er sagt, ich könne ja in Ruhe auf das nächste Frühjahr warten, für ihn gäbe es keine Ruhe mehr, außer der ewigen. Ich glaube ihm nicht, schrieb ich. Ich wollte ihm nicht glauben.

Rapmund antwortete damals postwendend. Ich erinnere mich, seinen Brief mehrmals gelesen zu haben. Er redete mir zu, die Stunden mit Toni in der Loge auszukosten. Glück und Liebe müsse ich auskosten, solange mich Glück und Liebe tragen. Denk nicht an morgen, Kind. Wir neigen immer dazu, an morgen zu denken, daran was morgen sein wird. Wir wissen es meistens nicht, wir wissen es vor allem dann nicht, wenn wir lieben. Die Liebe ist Ausnahme und keine Gewohnheit. Sie ist der seltene Glücksfall im Leben, der oft nur Momente dauert, die Ewigkeit einschließt, ein Ende ausschließt. Krankheit hingegen ist Diktat, gegen das wir zwar kämpfen, aber oft verlieren. Krankheit gehört zum Menschen, ob er jung ist oder älter oder ganz alt, wie auch die Liebe zum Menschen gehört. Beides kommt manchmal zusammen, die Krankheit und die Liebe. Beides färbt ab und verliert sich doch, sobald die Krankheit die Oberhand gewinnt. Sei weiter so tapfer, Rose, du bist es schon. Später mußte ich ihm schreiben, wie wir aus dem Kino gerannt sind, weil Toni die Filme nicht mehr ertragen konnte, die Dialoge, die Musik, die Dramen, die Lustspiele, die Pistolenschützen. Wir sahen zwar nie auf die Leinwand, doch hörten wir, was wir nicht sehen wollten. Das wurde ihm zu viel. Ich schrieb, Toni wollte mit mir nur noch U-Bahn fahren, von einem Ende zum anderen. Lieber wäre uns die S-Bahn gewesen, die fuhr ja leider nicht mehr. U-Bahn und Bus sind wir gefahren, jeden Tag. Nach Haus wollte er nicht mehr. Zu Haus fiel ihm die Decke auf den Kopf, zu Haus saß seine Mutter und malte Sternchen in den Kalender. Toni sagte, er wäre so gern der handelnde Mensch, der sein kurzes Leben an die Vernunft der Begriffe binde, dies sei ihm jedoch nicht erlaubt. Er schlief ganz schnell in der U-Bahn ein, legte seinen Kopf auf meine Schulter. Sein Kraushaar kitzelte mich jedes Mal, ich mußte es wegstreichen. Die Leute in der Bahn sahen uns komisch an oder schauten weg, wir benahmen uns in ihren Augen unanständig. Manchmal mußte ich ihn beim Aussteigen aus der Bahn ziehen und schleifen, weil er vor Müdigkeit die Füße nicht mehr heben konnte. Auch ich wurde allmählich müde, das Feuer zwischen uns brannte herunter. Ich habe mich oft aufgerafft, um ihn nicht allein zu lassen. Wir waren Stammpassagiere in der U-Bahn. Sein Abitur hatte er abgelegt, und jetzt liegt es da wie ein altes Stück Papier, zu nichts mehr zu gebrauchen. Danach schrieb er Kladden voll, die ich kaum werde entziffen können. Einen Tag wollte er mir die Kladden übergeben, am nächsten Tag dachte er nicht mehr daran.

Seine Mutter mußte ihn vor 3 Tagen nach Havelhöhe bringen, er konnte nicht mehr allein aufstehen. Von dort bekam ich einen letzten Brief, in dem nur ein Satz stand: Bei den Sternen am großen Wagen wirst Du mich nicht finden.

Sein Bruder Alwin, der schon einige Jahre tot ist, war sein großer Stern zwischen dem kleinen und dem großen Wagen.

In eine seiner Kladden, die mir Tonis Mutter aushändigte, steht eine Widmung, die heißt: Sei wachsam, liebste Rose.

Toni Siebert wurde 20 Jahre alt, keinen Tag älter. Er starb 12 Stunden vor seinem Geburtstag. An sein Grab in Ruhleben brachte ich ihm Maiglöckchen, obwohl er mir die Wintervariante verordnet hatte.

Ein paar Mal fuhr ich unsere Strecken ab mit der U-Bahn, besuchte dabei das Museum in Dahlemdorf. Ich wanderte durch die Gemäldesammlung, betrachtete die Bilder, auf denen Tote zu sehen waren. Ich wollte mir ein Bild machen von ihm, fand es aber nicht, weder an den Wänden noch in mir.

Großmutter legte sich hin. Sie sagte, sie sei müde. Zu mir sagte sie, mach dir die Suppe warm und geh ins Kino, wenn du willst.

Großvater ging auf Zehenspitzen. Von Lissy hörte man sowieso nicht viel. Ihre Tage waren damals der Wohlfahrt gewidmet und ihrem Meister, Hans. Sie kam meistens spät nach Haus, oft auch gar nicht. Als sie sah, daß Großmutter nicht aufstehen wollte, geriet sie ins Trudeln. Sie wollte auf der Stelle den Doktor holen. Großmutter wehrte ab. Dafür ist noch Zeit, sagte sie. Kümmere dich um deine Armen.

Sie wollte in Ruhe gelassen werden. Großvater schirmte sie ab und saß stundenlang bei ihr am Bett. Außerhalb ihres Zimmers ging alles weiter. Ich machte mir die Suppe warm, ging nicht mehr ins Kino. Auch das U-Bahnfahren hatte ich satt. Ich schrieb Briefe an Rapmund, die ich nicht abschickte.

Großmutter muß von Toni gewußt haben. Oft genug stand er ja vor der Haustür und sah zu meinem Fenster hinauf. Nie machte sie Andeutungen oder sprach ein Verbot aus, das im Sinne von Lissy gewesen wäre. Zur Beerdigung hatte ich mir ihr schwarzes Cape ausgeliehen und viele Taschentücher eingesteckt. Sie drückte mir nur beide Hände, dann schlug sie das kleine Kreuz, als wollte sie mich segnen. Sie bat mich auch einmal für sie zu beten. Du bist gerade in der Stimmung, sagte sie und beten schadet nichts. Vielleicht hilft es sogar. Warum, sagte sie nicht. Ich konnte nicht beten, ihr Gott war mir zu fern, und die Irritation, daß dies alles geschah, zu groß und Toni mir zu nah, die Gebete paßten nicht. Rapmund sagte, Gebete seien Beruhigungspillen, die den Gang der Dinge weder beschleunigen noch abkürzen. Ich betete nicht für sie, obwohl ich ihren Rosenkranz öfter durch meine Finger rieseln ließ und mir nichts dabei dachte.

Dann tauchte der Heimkehrer auf mit Verstärkung. Die Kusinen machten die längsten Gesichter, die ich je an ihnen sah. Ihre Fröhlichkeit trug grauen Schleier. Sie standen beide in der Küche und kochten schlesisches Himmelreich, während der verlorene Sohn am Bett seiner Mutter hockte und in ihre Kissen heulte. Dabei hatte er sich gemacht, seit er bei den Kusinen wohnte. Er trug Anzug und Krawatte, roch aber wie ein Bierkutscher. Großvater saß bei den Kusinen in der Küche mit verschlossenem Gesicht. Er mochte die Invasion aus Lichterfelde nicht. Einmal sagte er, Großmutter müsse in Ruhe gelassen werden. Mia sah ihn an, hob den grauen Schleier von ihren Augen und flüsterte: Er ist ihr Sohn. Darauf Großvater: Schlimm genug. Versöhnliches kam nicht über seine Lippen. Am liebsten hätte er die Verwandtschaft aus dem Haus gejagt.

Großmutter wurde kleiner in ihrem Bett. Hatte ich anfangs geglaubt, sie sei bloß müde von der vielen Hausarbeit und würde bald wieder aufstehen, sah die Lage nach einigen Tagen anders aus. Ihr Gesicht verschob sich und schrumpfte von einer Nacht zur anderen, eine wächserne Blässe bemächtigte sich ihrer Hände, irgendetwas war mit ihr geschehen. Sie sagte nicht mehr, mach dir die Suppe warm. Lissy holte jetzt unseren Doktor.

Großvater ließ sich von ihm auf die Schulter klopfen, und ich sah, daß Großvater Tränen in den Augen hatte.

Schievelbein blieb eine halbe Stunde hinter der geschlossenen Tür. Seine Diagnose bekräftigte er durch ein Kopfnicken: Schlaganfall, rechtsseitig gelähmt.

Der Doktor ging zur Nachbarin telefonieren, weil wir immer noch keinen Apparat besaßen. Er bestellte einen Krankenwagen mit Fahrt zum Paulinenhaus in der Kirschenallee. Mir befahl er einen Priester zu holen und ihn ins Paulinenhaus zu schicken.

Ich legte mich in Großmutters Bett, nachdem sie ins Krankenhaus gekommen war und nicht wieder zurückkehren würde. Einige Gebete konnte ich für sie hersagen, die Worte klangen nur schön und erhaben, dennoch mochte ich sie nicht und ließ das Beten sein.

Die Trauerfeier in Heilig Geist und auf dem Ruhlebener Friedhof wurde mit Pomp ausgerichtet. Großvater stand grimmig dabei, das war nicht in seinem Sinne. Blumenmeere schmückten den schweren Eichensarg. Ein Werk von Hans Meister. Eine liebe kleine Großmutter stirbt und wird hochtrabend zu Grabe getragen. Man tuschelte in der Kirche, Arnold habe sich ebenfalls an diesem Aufzug beteiligt. Woher hatte er das Geld? Er stand in der ersten Reihe neben Lissy und ihrem Wohltäter, herausgeputzt mit steifem, schwarzen Hut, den er nervös zwischen seinen Händen drehte. Beim Requiem wischten sich alle die Augen. Großvater hielt meine Hand fest. Hans Meister hatte sogar einen Sänger engagiert, der von der Empore Großmutters Lieblingschoral sang: *O Haupt voll Blut und Wunden*. Die Rede des Priesters war dagegen einfach. Er kannte Großmutter und beschränkte sich in seinen Worten auf das Wesentliche ihrer Person. Sie schmückte ihre Redlichkeit, ihre Fürsorge für andere und ihr Glaube. Großvaters Hand umklammerte die meine. Nach der Zeremonie pilgerte die Korona zum Friedhof an das offene Grab. Der Sarg wurde auf einer Lafette gefahren und sah aus, als berge er in seinem Innern einen General. Als ich Felicitas entdeckte unter den vielen Gesichtern, jubelte ich innerlich. Ich hatte sie lange nicht mehr gesehen. Lissy war mondän geworden, was auf dem

Friedhof auffällig hervorstach. Seit ihrer bezahlten Wohltätigkeit kleidete sie sich elegant und teuer. Dahinter steckte natürlich Hans Meister. Von ihrem Gehalt hätte sie sich keine Modelle aus dem Hause Nolte leisten können. Auf Großmutters Beisetzung trug sie ein Wagenrad auf dem Kopf, das ihr Gesicht in einen anonymen Schatten tauchte. Ihr perfekt sitzendes, dunkles Kostüm aus besagtem Haus machte sie am Grab zur Schaufensterpuppe. Hans Meister trat als maître de plaisir auf. Er hätte der Vorsteher des Beerdigungsinstituts sein können, schwarzer Anzug, steifer Hut, den er gemessen in der Hand hielt.

Der Doktor, beim Defilee hinter mir, flüsterte mir zu: Keine Feier ohne Meyer, was ich als Anspielung auf Hans Meisters Sektkellerei im Rheinland verstand, denn daher kam das viele Geld und die Verpflichtung des Meisters, sich der Wohlfahrt zur Verfügung zu stellen.

Beim Leichenschmaus im Lokal Zum Bären am Steubenplatz fehlte Großvater. Er hatte sich nach dem Begräbnis aus dem Staub gemacht. Lissy machte ihr tödlich beleidigtes Gesicht und verdrückte eine Träne. Hans Meister überspielte die Angelegenheit glänzend, indem er der Trauergesellschaft verkündete, der alte Herr habe sich zurückziehen müssen aus verständlichen Gründen. Die Kusinen schluckten und legten ihre billigen Hütchen ab. Arnold schwenkte bereits das erste Glas Bier, während sich der Doktor still verabschiedete. Man blieb unter sich und redete viel und lange über die Verstorbene. Schweigend saß ich neben Felicitas, meine Gedanken schweiften damals bestimmt in eine andere Richtung, ich bat Felicitas um eine Zigarette. Sie gab mir Feuer, ich schickte den Rauch zu den Sternen, die man nicht sehen konnte, die ich aber sah, großer Wagen, kleiner Wagen, Sternstaub und Milchstraße. Toni leuchtete vielleicht Großmutter heim.

Großvater zog sich jetzt immer zurück, wenn der Herr zu Besuch kam und Aufmerksamkeiten mitbrachte, das berüchtigte Zedernholzkistchen Zigarren, das Großvater nicht anrührte. Die Kistchen stapelten sich in der Diele, es schien Herrn Meister nicht zu stören. Ohne Großmutter war unser Laden eine seelenlose Höhle geworden. Ihre viele Kocherei, ihre Flüche, die sie immer gleich beichten gehen mußte, vermißten wir, wie die warmen Öfen. Großvater konnte weder heizen noch kochen. Das Bad am Samstagabend nahm ich freitags in der Krummen Straße ein, in einer öffentlichen Badeanstalt. Großvater gab mir dafür das Geld. Manchmal machte er mir für die kleine Wäsche auch Wasser auf dem Gasherd warm. Wo Lissy ihre Schönheit wöchentlich erneuerte, blieb ihr Geheimnis.

Herr Meister beabsichtigte, unsere Wohnung auf den Kopf zu stellen. Sie war ihm nicht gut genug, entsprach nicht seinen Vorstellungen von gepflegtem Wohnen. Rapmund hatte sie seinerzeit vom Magistrat zugewiesen bekommen. Eine Wohnung von großem Zuschnitt, für uns 5 Personen damals gerade ausreichend. Nach Rapmunds Auszug, wurde sein Zimmer zur unbewohnbaren Zone erklärt. Es war ursprünglich das schönste, größte, vor allem das Balkonzimmer, das nunmehr seit Jahren abgeschlossen, seiner Leere überlassen war. Lissy holte ohne mit der Wimper zu zucken den Schlüssel aus ihrem Kästchen hervor und ließ Herrn Meister die Tür öffnen.

Sie trat zurück, furchtsam, die Augen aufgerissen, als befände sich hinter der Tür Blaubarts blutiges Geheimnis. Kein Möbelstück fand sich mehr darin, eine alte Zeitung auf dem ergrauten Parkett wirbelte hoch, Vorhänge aus Staub flankierten die Fenster, die Scheiben waren zugewachsen von einem blaugrünen Efeu, der Lissy erschreckte. Die Tapeten schienen unversehrt, blasse, vergilbte Streifen auf weißem Grund. Ein alter Kronleuchter in der Mitte, von wabernden Spinnfäden eingehüllt, spendete sogar Licht aus vergessenen Tagen.

Herr Meister begeisterte sich sofort für dieses Zimmer. Fenster und Balkon gingen nach Süden. In den Kästen entdeckte ich verlassene und neue Vogelnester, überwuchert von Brennessel und Melde.

Großvater verließ das Zimmer, das er mit Großmutter bewohnt hatte, so selten wie möglich, er richtete sich in seiner Trauer ein, kam nur hervor, wenn wir beide allein in der Wohnung waren, oder die Kusinen kamen mit schwerem Eßgeschirr, Eingekochtem, Gekochtem, Kuchenpaketen und Obst aus ihrem Garten.

Sie versorgten den Alten und mich, denn unsere Lissy konnte natürlich nicht kochen. Sie hatte mich gelehrt, Kartoffeln ohne Wasser aufzusetzen und Eier auf der Herdplatte zu braten. Mia und Käthe kochten reichlich vor. Großvater lernte auf seine alten Tage die Gerichte auf allerkleinster Flamme zu erwärmen. Lissy sagte, sie könne sich nicht in die Küche stellen, eine Schürze umbinden und inTöpfen rühren, sie müsse dann immer an saure Brotsuppe denken, und davon würde ihr übel. Die Kusinen kannten ihre Sprüche und ihre unbekümmerte Lässigkeit in Fragen der Haushaltsführung. Die Zwei werden schon nicht verhungern, sagte sie ihren Lichterfelderinnen. Jeden zweiten Abend bringe ich Aufschnitt nach Haus, frisches Brot und gute Butter, die kleinen sauren Gurken, die Großvater so mag. Sie bedachte ihn mit einem traurigen Lächeln, das von weit her kam.

Du jedenfalls wärst bei deiner Mutter bestimmt verhungert, damals, sagte Käthe und blickte mir in die Augen. Hätte dein Vater nicht ein Kindermädchen eingestellt, hättest du nie dein Fläschchen Milch bekommen.

Als das Balkonzimmer von allem Staub befreit worden und der Efeu an den Fenstern verschwunden war und endlich das Sommerlicht auf das graue Parkett fiel, hätte man in der Weite dieses Zimmers tanzen mögen.

Der Polier, der die Wände untersuchte, überreichte mir eines Nachmittags ein Päckchen. Es hatte sich in der Wand befunden, hinter einer Klappe in einem Fach. Sie erspart dem Besitzer den Tresor, sagte der Polier. Die Klappe war auf den ersten und zweiten Blick nicht zu erkennen. Die Tapete umschloß das Versteck nahtlos. Das Päckchen war in Zeitungspapier eingeschlagen, in der Küche packte ich es aus. Es enthielt zirka 20 Briefe von Rapmund an Lissy, die sie nie geöffnet hatte. Auf jedem Umschlag mit ihrem Namen stand das Wort Zurück, mit einem Balken unterstrichen. Eindeutig Lissys Zurück. Die Briefe waren nicht frankiert worden, Rapmund mußte sie in diesem Zimmer geschrieben haben in der Zeit ihrer Trennung. Lissy hatte sie nicht angenommen. Später wird er sie dann in Zeitungspapier eingewickelt haben, um sie in der Wand zurückzulassen. Sollte ich das Päckchen Lissy aushändigen oder Rapmund übergeben? Rapmund hatte es dagelassen, damit es die Empfängerin doch noch irgendwann erreicht. Das Päckchen auf ihren Tisch legen, könnte bedeuten, daß sie die Briefe sofort zerreißt.

Ich sah Lissy vor mir, wie sie sich empörte.

Damals war ich überzeugt, Liebesbriefe in Händen zu halten, Liebesbriefe meines Vaters an meine Mutter. Der süße Vogel Jugend mit dem goldenen Schnabel sollte durch das Balkonzimmer geflogen kommen und die Briefe abholen, sie Lissy zustellen, wo immer sie sich gerade aufhielt. In ihrem Büro, auf dem Heimweg, in den Geschäften. Jeden Tag einen Brief,

20 Tage lang. Der Vogel ließ sich natürlich nicht blicken. In den Nächten dachte ich viel an diese Briefe. Sie lagen unter meinem Bett, unangetastet. Ich würde sie nie lesen.

In die frisch renovierte Wohnung kamen neue Möbel. Sie füllten die Zimmer mit dem Geruch aus den Fabriken. Das Klavier stand jetzt im Balkonzimmer an der Wand mit dem Geheimfach, von dem Lissy keine Ahnung hatte. Im Klavierzimmer wurde ein französisches Bett aufgestellt, es kam aus Paris. Der große moderne Kleiderschrank stammte aus einer besonderen Werkstatt und konnte mehrere Kollektionen aus den Modesalons beherbergen. Auch die Hutschachteln schluckte er mühelos. Tische und Tischchen zogen ein, Sofas aus braunem Samt gesellten sich dazu. Hans Meister brachte Vasen und Blumen ins Haus und füllte den Eisschrank mit Weinen und Sekt aus seiner Kellerei.

Großvater begutachtete die Veränderungen mit gleichgültigen Blicken. Für Verschönerungen hatte er keinen Sinn, er nickte nur höflich und rührte nichts an. Lissys strahlendes Gesicht schien ihn zu irritieren. Wir waren doch in Trauer, warum strahlte sie so?

Hans Meister mußte mit seinem Werk sehr zufrieden gewesen sein, er machte Lissy in aller Form einen Verlobungsantrag, Großvater gingen die Augen über, er mußte sich rasch abwenden. Lissy kamen die Tränen, ob vor Glück oder vor Entsetzen, war nicht herauszufinden. Der Herr, der dies alles möglich gemacht hatte, war noch verheiratet mit seiner Gelähmten. Aber er sorgte vor.

Rapmund schrieb damals, ohne meine Antworten abzuwarten, und vielleicht wollte er auch gar nicht, daß ich ihm antwortete.

Er schrieb mir die Fischerinsel auf, wie sie einmal war. Alle Straßen und Gassen wieder da. Kein Krieg, kein Osten, nirgends Ruinen. Die Höfe und Hofgänge, ausgemalt wie auf alten Bildern. Die Lauben, die Schuppen, ich hätte in sie hinein- und hinausgehen können. Die vielen Kinder auf der Schornsteinfegergasse, nur, daß sie nichts riefen. Von seinem Fenster, oben in der Fischerstraße, konnte er zusehen, wie das Stadthaus gebaut wurde. Sich selbst nannte er Steppke, seine Schwester die Kichererbse. Im Kontor saß die Mutter Marie und führte die Bücher. Morgens um 6 mußte er als Steppke das Hoftor öffnen für die Fuhrwerke.

Die Männer kamen mit ihren Karren und luden Säcke auf und Seifenkisten oder sie brachten Säcke und Seifenkisten. Der Vater August trichterte dem Steppke das kleine Einmaleins ein, ehe er in die Schule kam. Er hätte immer und immer wieder die Seifenkisten zählen müssen, die eingehenden, die ausgehenden. Und er hätte teilen müssen, die Viertelkisten hätte er sich merken sollen, die halben Kisten, die ganzen Kisten. Wieviele Männer luden wieviele Kisten auf ihre Karren. Er lachte in seinen Briefen über seinen strengen Vater. Seine Mutter Marie habe ihm abends Gedichte von Eichendorff und Möricke vorgelesen in ihrem ostpreußischen Tonfall, den er höre, wenn er an sie denke.

Er schrieb von dem Mädchen Elvira, in das er unsterblich verliebt war, Tochter seines Lateinlehrers.

Mit Elvira sei er durchgebrannt bis nach Stettin. Dort habe er sie unter einer Linde geheiratet, ohne Pfarrer, ohne Zeugen, und er habe ihr überschwenglich 10 Kinder versprochen. 4 davon habe er ihr gemacht. Daraufhin habe sie sich den Schoß zugenäht, denn die 4 waren ihr schon zu viel. Die wollten ernährt werden. Er sei zum Militär gegangen, die Ochsentour, schrieb er. Um Leutnant zu werden von Preußens Gnaden, mußte man sich unter die Knute begeben. Der Sold war kläglich, der Stolz enorm. Sein alter Lateinlehrer habe die 4 Kinder durchgefüttert. Seine Mutter Marie pachtete ein Häuschen in Malchow an einem See für ihre Enkel, damit sie Luft und Sonne bekämen. Elvira, seine Liebe, sei dann zum Tingeltangel gegangen mit der Kichererbse, beide als Nackttänzerinnen. Elvira habe die Hochzeit unter der Linde für alle Zeit vergessen.

In einem anderen Brief stand, wie er als kleiner Leutnant der Reserve, die Ochsentour lag hinter ihm, den großen Moissi im Schauspielhaus gehört und gesehen habe und er von dem Augenblick an wußte, daß er Moissis Schüler werden müsse. Er schrieb, Moissi brannte Tag und Nacht für seine Kunst. Von ihm lernte er das Handwerk, die Lust am Deklamieren, die Dramatik des Vortrags, die Zeichensprache, das Augenrollen. Moissis Stimme, sein Tremolo habe ihn immer elektisiert. Frauen und Männer lagen diesem Mimen zu Füßen. Auch er, der Eleve, der Kleine mit der hellen Stimme, aus der er einen Glockenton hervorlocken wollte, lag dem Großen zu Füßen. Der kleine Moissischüler wurde das Echo des Großen, schrieb er. Lange Zeit habe er seinen eigenen Ton, seinen eigenen Gestus gesucht. Auf der Bühne des königlichen Schauspielhauses in winzigen Rollen, auf der Straße beim Gang über die Linden. Der erste Weltkrieg habe ihn verstummen lassen. In Küstrin wurde er von einem russischen Schrapnell getroffen, lag im Lazarett, kleiner Leutnant, kleiner Mime. Er schrieb, er habe Gedichte gelesen im Lazarett, den Cornet nicht aus den Fingern gegeben. Den Cornet habe er im Lazarett deklamiert. Danach sei er mit dem Cornet umhergetingelt, wie seine Elvira im Tingeltangel. Durch Vortragssäle, durch Kneipen und Spelunken habe er den Cornet geschleppt, auch Gedichte von Eichendorff, Möricke und Morgenstern. Am liebsten aber den Cornet. Reiten, reiten, reiten durch den Tag, durch die Nacht. Ende des Briefes.

Neuer Brief, kleinere Schrift. Die Großbuchstaben, lateinisch, die kleinen in Sütterlin. Schwer zu lesen. Die Sätze wurden kürzer. Er schrieb, als hätte er es eilig. Wie ging das alles zu, schrieb er. Warum hastete die Zeit über mich hinweg? Warum verliebte ich mich in die Technik, ins Mikrofon, warum in die Frauen? 10 Kinder habe ich nicht zustande gebracht, Rosekind. Die Schauspielerei endete vor dem Mikrofon. Ich war kein Moissi, ich hatte kein Gold in der Kehle, nur ein bißchen Sonne.

Im tausendjährigen Reich, das ich nicht gewählt und nicht gewollt habe, wurde das Mikrofon meine Geliebte, schrieb er. Die Frauen liefen mir nach, weil sie meine Stimme im Radio gehört hatten, das bißchen Sonne in der Kehle. Ich war nicht wählerisch, Rose, dachte wieder an die 10 Kinder, eine fixe Idee, die mir Elvira nicht hatte austreiben können. Er schrieb, Freundinnen und Geliebte lagen auf dem silbernen Tablett, ich mußte nur zugreifen. Wenn ich ihnen Kinder gemacht hatte, liefen sie weg, nahmen die Kinder mit. Hochzeit unter der Linde fand nur noch einmal im Saale statt, vor dem Standesbeamten. Wieder war ein Kind unterwegs, das hat mich glücklicher gemacht als die Stunden vor dem Mikrofon. Dein Rapmund

Nachsatz: Um von den Schwierigkeiten zu reden, Rose. Ich mache Belinda Schwierigkeiten. Thea hat mir die Freundschaft gekündigt. Sie kocht nichts mehr, und sie weigert sich, mein

Zimmer sauber zu machen. Sie bemuttert zu viel, und sie wischt zu viel Staub. Belinda wahrt naturgemäß den nötigen Abstand, ist aber gekränkt. Mein Zustand kränkt sie. Sie erwartet, daß ich wenigstens mit ihr krächze. Das Krächzen geht mir natürlich gegen den Strich. Ich verabscheue solche Töne. Ich bekomme ja keinen Ton mehr heraus. Es ist aus mit Rapmund, Rose. Das hat Deine Mutter bei unserer Trennung auch gesagt: Es ist aus mit Rapmund.

Ihr habe ich bestimmt die meisten Schwierigkeiten gemacht in Breslau und nach dem Krieg. Ich habe eine junge Schauspielerin geheiratet mit einem Kind von mir im Bauch, das sie stolz vor sich her trug, und eine Megäre hat mich verlassen. Zu viele Schwierigkeiten, Rose. In Breslau habe ich sie mit ihrer tiefen Stimme, beneidenswert tiefen Stimme, zur Hörspielerin ausgebildet, ihr die Mätzchen von der Schauspielschule ausgetrieben, diesen Singsang, das Getue vor dem Mikrofon. Sie hat schnell gelernt, ihre Aussprache entzückte jeden, ihr Timbre beunruhigte nicht nur die Ohren. Im Sender war sie sehr beliebt. Ihre Disziplin, ihre Ausdrucksmöglichkeiten schienen unbegrenzt. Sie gehörte zu den am meisten beschäftigten Sprecherinnen, und sie war die beliebteste. Ihre Schönheit, ihre jugendliche Begeisterungsfähigkeit becircte vor allem die männlichen Kollegen. Der Abteilungsleiter der Nachrichten, ein zwielichtiger Charakter, verehrte sie glühend, auch mit ihrem dicken Bauch. Nach jeder ihrer Sendungen legte er ihr eine rote Rose auf den Schreibtisch. Das brachte mich allmählich in Rage. Ich hatte ja seit Ewigkeiten den schwarzen Peter in der Tasche, legte mich mit allen und jedem an, konnte die Kollegen mit dem Parteiabzeichen am Revers nicht verknusen, das Propagandatheater, die Auftritte, diese Reden. Ich war der mieseste Volksgenosse in dem ganzen Haufen, Rose. Und dann habe ich Deiner Mutter untersagt weiterzuarbeiten, nachdem Du geboren worden warst. Sie hätte natürlich ihre Tätigkeit wieder aufnehmen können, so gefragt, wie sie war. Ich habe nein gesagt und wollte ihr gleich das nächste Kind anhängen. 10 Kinder, Rose, das Maß war noch nicht voll. Sie hat sich gefügt. Sie hat immer alles richtig gemacht, so wie man es ihr sagte. Vielleicht brachte mich ihre Fähigkeit zur totalen Anschmiegsamkeit auf die Palme. Sie hörte auf beim Sender, ich hatte sie weggesperrt aus Neid, aus Eifersucht, aus Selbstsucht.

Das nächste Kind kündigte sich entsprechend an. Sie verlor es in der 14. Woche bei einer Kahnfahrt auf der Oder. Von dem Moment an gab es nur noch Schwierigkeiten. Sie reiste mit Dir zu ihren Eltern nach Beuthen und kam erst wieder, als meine Versetzung nach Berlin bevorstand im letzten Kriegsjahr. Sie stand mir zwar zur Seite, wie sich das gehörte für eine Ehefrau, wußte jedoch von den Kollegen, zu denen sie selbstverständlich Kontakt hielt, daß ich mich mit einigen Damen aus den Vorzimmern getröstet hatte.

Ich konnte nicht mehr weiterlesen, der Nachsatz nahm kein Ende. Vieles verstand ich auch gar nicht, weil seine Schrift immer kleiner wurde, wie gehetzt, unleserlich. Kritzel. Gekritzel. Vater, mein Vater, was führte er im Schilde? Warum packte er aus?

Ich ging wieder ins Kino, Loge 3, ein alberner Liebesfilm mit falschen Küssen. Dauernd dachte ich an die Briefe aus dem Geheimfach in der Wand, sie lagen noch immer unter meinem Bett. Ich wollte sie Rapmund bringen, zurückbringen als Antwort, weil ich ihm nicht antworten wollte, es auch nicht vermochte. Aus dem Balkonzimmer hatte er sich selbst vertrieben, jetzt stand das Klavier an der Wand, nichts erinnerte mehr an Blaubarts Zimmer. Ich mußte lachen damals. Der Nachsatz, der zum Weinen war, brachte mich zum Lachen. Niemand ging ans Telefon, als ich in der Hüningerstraße anrief, um wenigstens mit Belinda ein paar Worte zu wechseln. Was hätte ich ihr sagen sollen? Es regnet in Ägypten, die Pyramiden werden naß?

Besuchen wollte ich sie nicht. In ihrem hohen Stuhl sitzen, während Rapmund droben in seinem Zimmer Verstecken spielte, brachte ich nicht fertig. Mir graute davor. Dann lieber Filme mit falschen Küssen anschauen, neue Romane lesen, in denen Personen handelten, die ich nicht kannte. Mit Felicitas hätte ich sprechen können, doch Felicitas war, wie immer, unterwegs. Felicitas, Lissy, Rapmund und der Idiot Mischa, sie waren ja in gewisser Weise auch Romanfiguren, wenn ich sie mir von oben anschaute. Nur war ich nicht oben, ich war unten, unter ihnen, fast unter ihnen. Die Hürde nach oben, war mir zu hoch. Felicitas flog mit ihrem Mischa um die Welt. Sie hätte mich mitnehmen sollen.

Dann teilte mir Rapmund in einem Dreizeiler mit, Großbuchstaben, unverwechselbar, er reise nach Turkmenistan, es sei an der Zeit.

Sein Brief kam zu spät, ich konnte ihn nicht aufhalten. Vom Doktor hörte ich es auf der Straße. Schievelbein hatte, wie versprochen, zweimal die Woche mit Belinda telefoniert, sich nach dem Patienten erkundigt. Belinda soll gesagt haben: Bringen Sie es dem Kind schonend bei, ersparen Sie Rose die Einzelheiten.

Schievelbein dachte darüber anders. Der Tod ist unser Freund, sagte er. Wir betrachten ihn leider als einen Feind. Er erzählte es mir auf der Straße, ließ die Einzelheiten weg. Es war der passende Ort, eine Straße, die nach Osten führte, im weiteren Sinne nach Turkmenistan, im engeren nach Königsberg, wohin man in diesen Zeiten nicht mehr reisen konnte. Die sogenannte Reichsstraße 1, sie war das wichtigste in diesem Augenblick, zusammen mit dem dreizeiligen Brief. Schievelbein wollte mich in den Arm nehmen, ich gab ihm den russischen Dichter zurück, den ich mir in seinem Wartezimmer ausgeliehen hatte. Es war nicht zum Weinen, ich spürte, daß alles stimmte. Rapmund hatte das Richtige getan. Nach Turkmenistan reisen, das war unser Spiel. Ich zeigte Schievelbein den Brief nicht. Fingerreisen über die Landkarte führten eben in Wirklichkeit nicht weit. Die Sonne schien, auf der Straße fuhren Busse, Autos, Lastwagen, alle hatten ein Ziel. Am Straßenrand stand der dunkle Tatra, wie ein großer Fisch aus dem schwarzen Meer. Schievelbein führte mich ins Café Kneiding am Reichskanzlerplatz, ich bat ihn um eine Zigarette. Er rauchte nicht. Am Nachbartisch rauchte ein Mann, ich bettelte ihn an um eine Zigarette. Der Mann zögerte. Der Doktor nickte ihm zu. Der Mann gab mir auch Feuer. Schievelbein bestellte uns je einen Cognac, er schmeckte nach Seife. Rauch stieg an die Decke. Wo die Sterne an diesem Nachmittag im Oktober standen, entzog sich meinen Blicken.

Karin Reschke
Kalter Hund
Roman

Konzept Design
Gottschalk+Ash Int'l

Foto Karin Reschke
© Renate von Mangoldt

Druck und Bindung: GGP Media GmbH, Pößneck
Printed in Germany
Erste Auflage 2009
ISBN 978-3-940888-37-2

weissbooks.com